ヤンデレ彼女が異世界まで追ってきた
Yandere
kanojyo ga
isekai made
ottekita
草薙アキ Aki Kusanagi
ill. ななかぐら

そうして吐息の甘さに
くらくらの俺に、
冴子は上目でこう言った。

「──これで信じてくれる？
私、あなたが好きよ。大好き」
!?

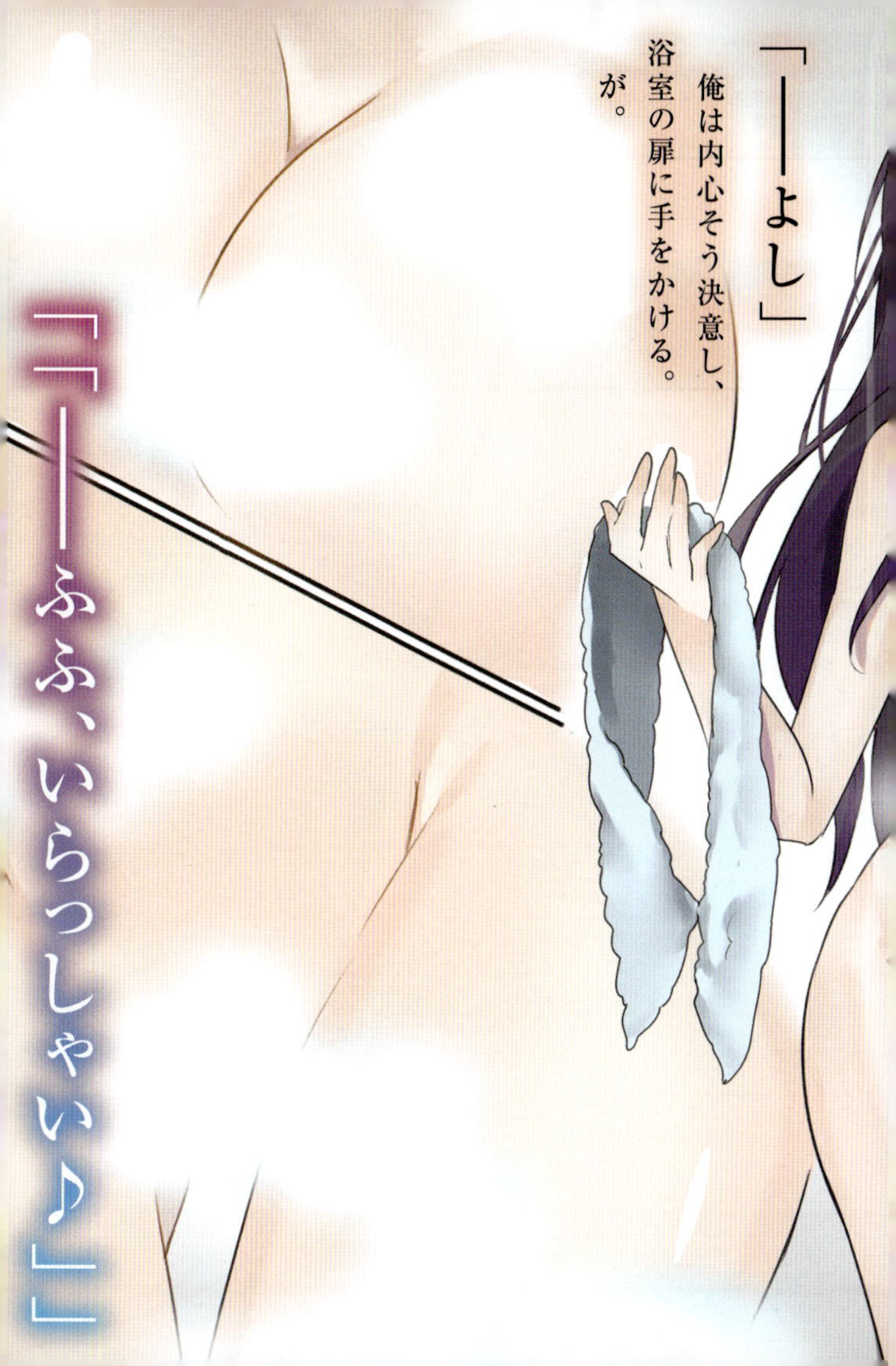
「――よし」
俺は内心そう決意し、浴室の扉に手をかける。
が。
『――ふふ、いらっしゃい♪』

三葉愛海 Manami Mitsuha
蒼司の幼馴染みで、子どもながらに結婚の約束までしていた間柄。冴子同様、やはり蒼司を追って異世界にやってくる。依存型ヤンデレ。
「――もう、勝手にいなくなっちゃダメでしょう？」
「――ああ、やっと見つけた……。私の、私だけの蒼ちゃん……」
敷島冴子 Saeko Shikishima
蒼司のクラスメイトであり、彼女でもあるミステリアスな美少女。異世界召喚されてしまった蒼司を追って異世界にやってきた。束縛系ヤンデレ。

「――うふふ、今日は一緒に寝ましょうね、蒼くん♪」
「――は、離してください～!?」
不破朱音 Akane Fuwa
蒼司の義理の姉で、母性溢れる美
少女。
本当の姉弟のように育ってきたが、
いつの頃からか、蒼司のことを異
性として愛するようになっていた。
なんでもしてあげる系ヤンデレ。
巫女 Miko
蒼司を召喚した巫女の美少女だ
が、冴子に名前を覚えることを許
可されておらず、"巫女"のまま通
されている。
唯一に近い常識人であるものの、
蒼司たちと関わると危なそうなの
で、喚んでおきながら距離をとろう
としている。

Contents

ヤンデレ彼女が異世界まで追ってきた

草薙アキ

講談社ラノベ文庫

口絵・本文イラスト／ななかぐら
デザイン／ＡＦＴＥＲＧＬＯＷ
編集／庄司智

プロローグ

「――ようこそお越しくださいました、救世主さま」

俺こと不破蒼司《ふわそうじ》がふと気づくと、目の前に恭《うやうや》しく跪《ひざまず》く一人の少女がいた。

少女の――いや、俺たちの足下はほのかに輝いており、何か床に描かれた幾何学模様らしきものが、やんわりと発光しているようだった。

何事かと佇《たたず》む俺に、少女はその端正な顔を上げて言う。

「驚くのも無理はありません。ですがこれは夢幻ではなく現実――あなたさまは、この世界に救世主として召喚されたのです」

「救、世主……？」

年齢は俺よりも一つ下――一六歳くらいであろうか。

艶やかな金髪に、サファイアを彷彿《ほうふつ》とさせる青い瞳。

装いは民族衣装のように独創的で、俺はまるでゲームのキャラが、そのまま目の前に飛び出てきたかのような錯覚さえ覚えていた。

「…………」

だが普通に考えて、何の変哲もない高校生の俺が、異世界に救世主として喚《よ》ばれることなどあろうはずがない。

というより、〝異世界召喚〟という現象自体、実在するかも疑わしいのだ。

そこに俺が選ばれるなど、宝くじに当たるどころの確率ではないだろう。

ちなみに、一般的な宝くじで一等が当たる確率は、サイコロを一〇回振って、一〇回とも同じ目が出るのと同じくらいの確率だという。

しかしそう考えると、正直、異世界の救世主になる方が、確率が高い気がするのだが、どちらにせよ、超低確率であることに変わりはない。

ならばやはり夢なのか。

――ぎゅ～っ。

「いてててっ⁉」

頰《ほお》を抓《つね》ってみたが、普通に痛い。

「ふふ、夢ではないですよ？」

「そ、そうみたいだな」

おかしそうに笑う少女に、俺も思わず赤面してしまう。

すると、何を思ったのか、少女がいきなり俺の手をとって言った。

「どうぞこちらへ。この光景をご覧になれば、きっと信じていただけるはずです」

「え、ちょっと⁉」

されるがまま、少女とともに薄暗い室内（？）を進むと、ふいに少女は扉らしきものをぎいっと押した。

「うっ⁉」

その瞬間、目映《まばゆ》い輝きが扉の隙間から差し込み、俺は堪らず両目を眇《すが》める。

「さあ、ご覧ください」

徐々に目が慣れてきた俺の視界に映ったのは、

「……マジか」


アマゾンもかくやというほどに壮大な――どこまでも続く大自然の絨毯《じゅうたん》だった。

近くに滝でもあるのか、水の流れる音が絶えず耳朶《じだ》を打つ中、見たこともない色鮮やかな鳥たちが、次々に大空を翔け抜けていく。

俺たちがいるのは、ここら辺一帯の景色を一望出来る高台らしく、見下ろした先には、豊かな水源に囲まれるような感じで建造された、大きな街のようなものがあり、さらにその奥には、中世風のお城らしき代物まで見えるではないか。

「あれが私たちの聖都――〝レクリア〟です。どうです？　信じていただけましたか？」

「あ、ああ」

さすがにこんな光景を見せられたら、ここが日本——いや、地球ではないことは一目瞭然だ。

何せ、

「——あ、ほら、見てください！　今日は〝三つ月〟が重なる日なんです！」


月らしき物体が三つもあるのだから。

もっとも、たとえ一つだけだったとしても、これだけの絶景だ。

信じる価値は十分にあると思う。

どうやら彼女の言ったとおり、俺は本当に救世主として、異世界に喚ばれてしまったらしい。

救世主とは、その名のとおり世界を救う者である。

ならば俺はこれからその救世主として、頼れる仲間たちとともに、魔王的な存在を倒す大冒険へと、足を踏み出していくことになるのだろう。

ということは、だ。

俺はもう——〝あの地獄〟に縛られる必要がなくなったということ。

「や、やったあああああああああああああああっっ‼」

「い、いきなりどうしたんですか⁉」

突如歓喜の雄叫びを上げた俺に、当然、少女がびくりと肩を震わせる。

だが許して欲しい。

ここが異世界である以上、俺は叫ばずにはいられなかったのだ。

だってもう――俺はあの地獄の日々を送らなくてもよくなったのだから。


「いや、すまん。ちょっと感極まっちまってな」

「あ、そうでしたか。いえ、お気になさらず。それよりどうか救世主として、私たちにお力をお貸しください。私たちを救えるのは、もうあなたさましかいないのです！」

そう懇願してくる少女に、俺は大きく頷《うなず》いて言った。

彼女は俺をあの地獄から救い出してくれたのだ。

命の恩人には、きちんとそれ相応のお礼をしなければなるまい。

「ああ、任せておけ。たとえ何が待ち構えていようが、今の俺なら全部乗り越えられる気がするしな」

「ありがとうございます！　では早速聖都に向かいましょう！」

「おう！」

ぐっと拳を握り、俺はこれから始まるであろう新しい生活に胸を躍らせる。

待っていろ、魔王的な存在！

この救世主――不破蒼司が成敗してやるぜ！　と。

が。


――ごんっ！


「「へっ？」」

ふいに何かをぶっ叩《たた》いているであろう音が辺りに響き渡り、俺たちは揃《そろ》って小首を傾げる。

「なんだ、今の？」

「さあ、なんでしょうね？」

「まあいいや。とにかくその聖都とやらに行こうぜ」

「ええ、そうですね」

気のせいかと再び聖都を目指し始めた俺たちだったが、

——ごんっ！　ごんっ！　ごんっ！　ごんっ！

「…………」

今度は連続で打撃音が響き、気のせいではなかったことを嫌でも認識させられる。

しかも打撃音は次第に強く、鳴る間隔も狭まっていき、

——ばきっ！

「——っ⁉」

ついには虚空にひびが入り始めたではないか。

「え、ここってこういうことがよくあるのか⁉」

「い、いえ⁉　こ、こんなこと初めてですけど⁉」

ぶんぶん、と首の据わっていない赤子みたいに、少女がかぶりを振っていると、

——ばりんっ！

「うおおっ⁉」「ひいっ⁉」

まるでガラスのコップでも落としたかのように空間が砕け散った。

しかも。

「――ふふ、見ぃ～つけたぁ～♪」

ぬうっとその隙間から、俺のよく知る美少女が顔を覗《のぞ》かせ、にたりと不気味な笑みを浮かべたではないか。

「「きゃ、きゃあああああああああああああああああっっ⁉」」

当然、俺たちは心の底から悲鳴を上げたのだった。

一章　ヤンデレ彼女、異世界に立つ

「──私、不破《ふわ》くんのことが好きなの」

それが彼女──敷島冴子《しきしまさえこ》からの告白の言葉だった。

今を遡ること二日ほど前。

俺はクラスメイトの冴子に呼び出され、茜色《あかねいろ》の空が映える放課後の教室で、彼女に愛の告白をされた。

冴子はミステリアスな雰囲気を漂わせるエキゾチックな美少女で、その近づきがたい雰囲気から、クラスでも浮いた存在だった。

誰と話すわけでもなく、いつも一人で難しそうな本を読んでいるような、そんな少女だったのだ。

まあ席が隣ということや、俺自身、雰囲気がどうだろうと普通に話しかけたりする性格なので、綺麗《きれい》な子だなと思いつつも、適当に喋《しゃべ》ったりしていた。

話すと意外と面白いやつだということも知っていたからだ。

たぶんクラスでは、俺が一番話しかけていたと思う。

随分難しい本を読んでいるなとか、教科書忘れたから見せてくれとか、そんな他愛《たあい》もない会話ばかりだったけど。

だが別にそこまで多く喋っていたわけでもないし、それ以外の接点もまったくなかったはずだ。

なのに——彼女は俺が〝好き〟だと言った。

当然、いきなりのことに面を食らった俺は、どう反応していいのか分からずにいたのだが、そんな俺の唇を——冴子は突然奪った。

もちろんキスなどされると思ってもいなかった俺は、ファーストキスということもあってか、思考を完全に停止させられてしまった。

そうして吐息の甘さにくらくらの俺に、冴子は上目でこう言った。

「——これで信じてくれる？　私、あなたが好きよ。大好き」

そこで二度目のキス。

もう完落ちである。

流れるままに彼女を抱き返してしまった俺は、こうして冴子と付き合うことになったのである。

――と、そこまではよかった。

クラスメイトの美少女が、俺を好き好き大好きと言ってくれて、めでたく恋人同士になれたのだ。

あとはお互いに愛が冷めないよう育み合い、幸せな日々を過ごしていけばいいだけのこと。

まだ将来のことは分からないが、もしこれから先も、ずっと円満な恋人生活を送り続けることが出来たのなら、いずれは同棲《どうせい》し、結婚するのもいいかもしれない。

そんなことまでぼんやりと考えていた俺だったが、

「――じゃあ携帯を貸してちょうだい。私以外の女のアドレスを消すから」

と言うなり、クラスメイトはおろか、部活の先輩や家族の連絡先すら躊躇《ちゅうちょ》なく消す冴子。

……おや？

「――今日からは私が作る料理だけを食べること。もし他の女の料理を食べたら、その場で吐かせるから」

などと意味の分からないことを言い、律儀にその日の夕食分のお弁当をくれた後、翌日からは、一日分のお弁当を拵《こしら》えてきた冴子。

……あれ？

「――ダメでしょう、他の女と話したら。今度からは私があなたの代わりに話すわ」

そうお叱りを受けた後、女性の教師が俺を当てると、当然のように答え始める冴子。

……うん？

――何か、おかしくない？

気づいた時にはすでに遅く、冴子の束縛は、〝束縛〟などという言葉では、到底言い表せないほど苛烈なものになっており、就寝中だろうが三〇分に一度は電話をかけないといけないなど、常軌を逸している上、極めつけは、

「——あ、それと、浮気したら殺すし、別れても殺すから」

これである。

どこから取り出したのか、やたらと刃先のでかいハサミをぎらつかせながら、彼女はそう忠告してきたのだ。

冴子の性格上、間違いなくやる——いや、〝殺る〟だろう。

恋人になってみてよく分かった。

この子——たぶん〝ヤンデレ〟と呼ばれるタイプの人種だ、と。

ヤンデレとは、病的なまでに相手を愛する人のことで、その行きすぎた愛ゆえに、最悪包丁でぷすりとしてしまったりする人のことである。

他にも、瞬《まばた》き一つせず、空の鍋を延々とかき混ぜていたり、一つになりたいと相手を食べてしまったりするらしいのだが、もし冴子がそういうタイプの人種であるというのなら、今までの異常な行動も全て納得がいく。

しかしそれは、同時に俺がもう彼女の側《そば》から離れることが出来なくなってしまったということに他ならない。

だって彼女が言うように——離れたらあのハサミで殺されてしまうからだ。

なんということであろうか。

付き合って二日でこの有り様である。

これがあと五〇年以上続くと考えただけで、俺はもう天に召されてしまいそうだった。

だったのだが、

そんな時——俺は異世界に救世主として召喚された。

そりゃ天にも昇るほど喜ぶだろう。

ええ、喜びましたとも。

これであの束縛の日々から解放され、俺はこの世界で優しいお嫁さんを見つけるのだ、と。

そして慎《つつ》ましくも明るい家庭を築いていくのだ、と。

が。

「――もう、勝手にいなくなっちゃダメでしょう？」

「……はい」

普通に追ってきちゃったんですけど、この子……。

あれからとりあえず落ち着こうということで、早々に聖都のレクリア城に移動後、その客間に案内された俺は、冴子と濃厚に腕を絡め合い、彼女からお叱りのお言葉を受けていた。

何故《なぜ》こんなことになったのか。

そもそもどうやって彼女は俺を追ってきたのか。

恐る恐るそれを聞こうとしたところ、

「――ふふ、あなたがどこにいるかなんて、〝匂い〟ですぐに分かるわ」

「そ、そうですか……」

向こうの方からそんな回答をしてくれて、俺は白目をむきそうになった。

どうやら匂いで分かるらしい。

非常識にもほどがあるのではなかろうか。

いや、たとえ匂いで分かったところで、ここは異世界である。

俺たちのいた世界とは、次元の違う別の世界なのだ。

にもかかわらず、彼女は今普通にこの場に同席している。

え、本当にどうやって来たの……？

俺が顔を土気色にしていると、メイドさんに頼んでいた飲み物が届いたらしく、件《くだん》の少女が居住まいを正して言った。

「では、改めまして。ようこそお越しくださいました、救世主さま——と、そのご友人の——」

「——妻、よ」

「ひいっ⁉」

ぎろり、と冴子に睨《にら》まれ、少女は恐怖におののく。

少女も雰囲気的にただならぬものを感じたのだろう。

「で、では奥方さま……」

まるでチワワのように震えながら、冴子を妻認定していた。

もちろん俺としては突っ込みを入れたいところだったが、入れてもいい未来がまったく見えないので、ここは大人しくしていようと思う。

腕も万力並みに拘束されてるし。

「結構。お話を続けても構わないわ」

「は、はい」

冴子にお許しを貰《もら》った少女は、相変わらずぷるぷると怯《おび》えながら、控えめに話の続きをし始める。

「も、申し遅れましたが、私は破邪の聖剣――〝イアハート〟を守護する任を務めさせていただいております、巫女《みこ》の――」

「――巫女、でしょう?」

「えっ? あ、はい。私は巫女の――」

「――巫女、よね?」

「え、えっと……はい。巫女です……」

「…………」

──【悲報】巫女の少女、冴子のせいで名乗ることすら許されず。


言い忘れていたが、冴子は俺に他の女の名前を覚えることを許してはいない。

すでに覚えている名前に関しても、即刻忘れるよう促しているくらいだ。

そんな無茶苦茶なという感じではあるが、それを素で実行してくるのが冴子なのである。

もちろん女ならば、家族だろうと近所のババアだろうとアウトだ。

「そ、それで蒼司《そうじ》さん……いえ、お二人をお喚《よ》びしたのはですね……」

恐らく二人セットじゃないとやばいと思ったのだろう。

名乗ることすら許されなかった少女こと巫女は、冴子も自分が喚びました的な体で話を続けた。

「この世界が今まさに滅びの道を歩んでおりまして、そこを是非お二人に救っていただけたらと……。それで、我らがレクリアに古くから伝わる聖剣──イアハートを使える者を喚び出したところ、蒼司さんがこれを手にするに相応《ふさわ》しいということになりまして……」

「ふふ、さすがは私の蒼司ね。まあ、私の蒼司なら当然だと思うのだけれど。だって私の蒼司だもの。ねえ？」

「は、はは」

うっとりと俺の首元に両腕を絡めてくる冴子に、俺は空笑いを浮かべることしか出来なかった。

ところで、〝私の〟が妙に強調されている気がするのは、果たして俺の気のせいだろうか。

俺なんて大した男でもないので、正直、手放していただけるとありがたいのだが。

「え、えっと……」

冴子に愛されまくりの俺に素で引きつつも、巫女は続ける。

「も、もちろん私たちも全力でサポートいたしますし、全てが終わった後は、お二人揃《そろ》って元の世界に――」

「――戻せない、のよね？」

またか。

「えっ？　いえ、きちんと元の世界に――」

「――戻せない、のでしょう？」

「……はい、戻せません」

「…………」

永住――決定。

揃って顔色を青くしている俺たちのことなどつゆ知らず、冴子は演技がかった口調でかぶりを振りながら言った。

「困ったわ。じゃあもうこの世界で生きていくしかないようね。ということは――」

「ひっ⁉」

ちらり、とこちらに視線を送る冴子の顔は、完全にメスのそれで、

「――早速赤ちゃんを作りましょうか」

「――っ⁉」

何を考えているのか、熱い吐息を吐きながら、いきなり発情し始めたではないか。

「…………」

――すっ。

その瞬間、巫女が無言で席を立ち、そそくさと退出していこうとする。

「お、おい⁉　どこへ行く⁉」

「あ、いえ、私はお邪魔かなと……」

この状況でそんな気を遣うやつがあるか⁉

お前がいなくなったら、ガチで一方的な共同作業が始まるだろうが⁉

「そ、そんなことはないぞ⁉　ほ、ほら、まだお茶も残ってるし、戻ってきてもいいんじゃないかな⁉」

「い、いえ、ですが……」


「――あら？　戻ってくるの？」


――じろりっ。

「ひっ⁉」

冴子にそう問われた巫女は、ぶんぶんと首を高速で横に振り、俺を見捨てる。

「で、ではごゆっくりどうぞ⁉　あ、カーテンは閉めておきますのでー⁉」

「ちょ、待っ――⁉」

　――ばたんっ。


み、巫女ぉー⁉

　心の中で滝のような涙を流す俺の願いは見事に通じず、巫女は室内のムードをばっちり整えた後、一人この地獄から解放されていった。

　あのアマー⁉

と。


「――やっと二人きりになれたわね、蒼司」


　ひえっ⁉

　ようやく邪魔者がいなくなったことで、ノンブレーキになった冴子が、ふとそんなことを口にしてくる。

　来客用の部屋ということもあってか、室内にはメイク済みのベッドががっつり完備してあり、冴子同様、いつでも初めての共同作業が始められる準備は整っているようだった。

　最中、冴子は俺の肩に寄り添うように、その小さな頭を乗せてくる。

「あなたが急にいなくなって、私、とても心配したのよ？」

「あ、ああ、ごめん。俺もいきなりここに喚ばれちまったもんだから……」

「いえ、いいの。こうしてまた会えたんだし、気にしていないわ」

問題はどうやって会いに来たのかなんですけどね。

「でも驚いたわ。本当に別の世界があるなんてね」

「そうだな。それは俺もびっくりしたよ。しかも俺が救世主とか、一体なんの冗談かと思ったし」

俺が笑いかけると、冴子は穏やかな口調で言った。

「いえ、あなたなら選ばれてもおかしくないわ。だってあなたは誰よりも優しくて、頼りがいがある――私の王子さまなのだから」

「お、おう」

さすがにそこまで持ち上げられてしまうと、俺としても些《いささ》か照れてしまう。

普段の行動がアグレッシブすぎて、そちらにばかり気をとられがちだが、冴子は本当に俺のことを心から好きでいてくれるのだろう。

それは素直に嬉《うれ》しいし、ありがたいことだとも思っている。

ただ、

「――じゃあ、始めましょうか」

ここで引いてくれたらなぁ……。

ガチで子作りする気満々の冴子に、俺はがっくりと脱力する。

だがこのまま流れに身を任せてしまうと、俺の人生はベリーハードを超えて、マストダイモードに突入してしまうだろう。

なんとしてもそれだけは阻止しなければなるまい。

「い、いや、ほら、まだ俺たち付き合って二日くらいしか経っていないし、そういうのはもう少し段階を重ねてからの方がいいんじゃないかな？」

「ふふ、恥ずかしがることはないわ。だって私たちは、もう心の底からしっかりと繋《つな》がっているのだもの。あとは身体《からだ》が一つになればいいだけのこと。そうでしょう？」

「え、えっと……うおっ⁉」

じりじりと迫る冴子から身を引いているうちに、いつの間にやらソファーからベッド端へと追いやられる俺。

「うふふ」

「ちょ、ちょっと⁉　――おわっ⁉」

同時に、冴子はしゅるりと制服を一枚ずつ脱いでいき、俺がベッドに押し倒された時には、すでに下着姿になっていた。

上下でセットになっているであろう、薄紫色の可愛らしい下着である。

元々痩せているとは思っていたが、身体に余計な脂肪は一切ついておらず、胸元もいい感じに豊かだった。

とてもバランスのいい肉づきだ。

「……っ⁉」

堪らずごくりと喉を鳴らした俺の上に跨《また》がりつつ、冴子は悪戯な笑みを浮かべて言った。

「いいのよ、我慢しなくとも。この身体も、心も、全部あなただけのものなのだから」

「い、いやいやいやいや⁉　ま、まだ早いって⁉」

「あら、でもあなたのここは、私が欲しくて堪らないみたいだけれど？」

「えっ？」

冴子が熱っぽい視線を向けた先にあったのは、こんもりと膨らみを作る俺のズボンだった。

「うおおっ⁉　い、いや、違っ⁉　こ、これは男の子の生理現象的なもので⁉」

「大丈夫よ。だって私もあなたと同じだもの。きっとすぐにでも一つになれるわ」

すっと冴子の細い指が俺の頰《ほお》を撫《な》で、そのままワイシャツのボタンを一つずつ外していく。

「ちょ、ちょっと待った待った⁉」

慌ててそれを止めようとする俺だが、ふと冴子が呟《つぶや》くようにこう言った。

「――私ね、あなたがいなくなった時、頭の中が真っ白になったの」

「……えっ？」

思わず手を止めた俺に、冴子はどこか寂しそうな顔で続ける。

「あなたは私にとってかけがえのない光――孤独の闇に沈んでいた私を照らしてくれた、唯一の光なの」

「光……」

「きっとあなたにとっては当然のことだったのでしょう。でもね、その当然を、今まで私に与えてくれた人は誰もいなかった。初めてだったわ。あんなにも人との会話が楽しいって、ずっとこの人と話していたいと思ったのは」

「………」

「そうして気づいた時には、私はもうあなたしか見えていなかった。だから私はあなたに想いを伝えたわ。ずっと一緒にいたかったから、本気だと信じて貰えるよう、今私が出来る最大限のアプローチで」

それがあのキスだったというわけだ。

確かにとても情熱的だった気がする。

だがそう考えると、俺は幸せ者なのかもしれない。

先ほども言ったが、行動は行きすぎでも、冴子は俺のことを本当に心の底から愛してくれている。

ならば一人の男として、彼女の想いを無下にしてもよいのだろうか。

ここまで俺のことを好きだと言ってくれるのだ。

きちんと誠意を持って話せば、この無茶苦茶な行動の類いも、少しは抑えてくれるようになるのではなかろうか。

もし冴子が普通の女の子に戻ってくれたなら、そこにいるのは、単に俺のことを好き好き大好きと言ってくれるだけの美少女である。

これを拒否する理由はまったく以てないし、彼女の望むとおり、ずっと側にいてあげることも出来ると思う。

それこそ付き合い始めた時に考えたように、いつかは人生の伴侶として、幸せにしていきたいとさえ思っている。

彼女がもう少し自分を抑えてくれるのなら、俺はいくらでも彼女に尽くす覚悟は出来ているのだ。

うん、と頷《うなず》き、俺は諭すように言う。

「あのさ、俺は別にお前のことが嫌いじゃないし、お前さえよければ、ずっと一緒にいたいとも思う。でも今のままじゃ、さすがに厳しいと思うんだ。日常生活にも色々と支障が出ちまうしな。だからもう少し普通の恋人として付き合っていけないかな？」

「……そうね。確かにあなたの言うとおりかもしれないわ。ごめんなさい。あなたはモテるから、つい私も気持ちだけが先行してしまったみたい」

「いや、気にしなくていいよ」

というか、俺モテてたっけ？

そんな覚えはこれっぽっちもないのだが、とにかく冴子が自らを省みてくれたようで安心した。

やはり誠意を持って話せば、きちんと分かってくれる子だったのだ。

これなら彼女に怯えなくても済みそうだし、神経をすり減らす必要もなさそうである。

こんなことなら、もっと早く話し合えばよかった。

と、内心そう反省していた俺だが、

「――ありがとう、蒼司。じゃあ――抱いてちょうだい」

「……うん？」

ぜ、全然話が進んでないー⁉

普通に続きをせがみ始めた冴子に、俺はすこぶるショックを受ける。

えっ？　えっ？　どういうこと？

言葉も出せずに困惑している俺に、冴子は再度顔を紅潮させて言った。

「――つまり〝もっと恋人として逢瀬《おうせ》を重ねたい〟ということでしょう？　そうよね、健康な男の子だもの。毎日でもしたいわよね」

え、あれ？

なんか冴子がえっちぃことをさせてくれないことに、俺が不満を持ってる的な流れになってない？

俺の気のせいかな？

「でも大丈夫よ。これからはあなたがむらむらして日常生活に支障が出ないよう、私がきちんと満足させてあげるから」

「え、いや、あの……」

うん、気のせいじゃないね。

「ふふ、心配しないで。私、そういう経験はまだないけれど、それでもあなたのために色々と学んできたの。二度と離れられなくなるくらい、私の身体に溺れさせてあげるわ」

「お、溺れ……っ⁉」

「ええ。だからこれからは一日最低三回はしましょう。朝、昼、晩の三回。もちろん一回ごとの中でも三回はすること」

「い、一回ごとに三回を三回⁉」

つまり一日九発出せってことじゃねえか⁉

え、それ死んじゃうんじゃないの⁉

「ええ、そうよ。だってそうすれば、すぐにでも私の身体に新しい命が宿ってくれるでしょう？」

「そりゃ宿るだろうけど、逆に古い命が失われるんじゃないかな⁉」

俺という古い命が⁉

「うふふ、心配いらないわ。私の蒼司がそんなにやわなはずないじゃない。それに、そうしたくなるよう、私が溺れさせてあげるのだから」

「い、いや、それは廃人というやつじゃ――むぐっ⁉」

そこで唇を塞がれ、俺は冴子から激しい情熱を口内にこれでもかと注がれる。

あまりにも情熱的かつ蕩《とろ》けそうなほどに気持ちいいキスのせいか、俺の意識も次第に鈍くなり始め、もうこのまま彼女を受け入れてもいいかなという気持ちになってくる。

さすがは冴子だ。

〝溺れさせる〞と豪語しただけのことはあり、俺はキスだけですっかり骨抜きにされていた。

そうして気づくと、いつの間にやら俺の胸元は大きくはだけられ、肌をなぞる冴子の指の感触に、俺がぞわぞわと言い知れぬ快感を覚える中、彼女は自身の手を背中側に回し、ブラジャーのホックを外した。

するり、とブラジャーが滑り落ちたことで、これに包まれていた、冴子のおっぱいが露わになる。

——綺麗だ、と思った。

燭台《しょくだい》の灯りに照らされた冴子のおっぱいは、その造形美に、白磁のような肌の白さも相まってか、今まで俺が見たおっぱいの中でも、最上位に位置するほど美しいおっぱいだったからだ。

そしてこの状況である。

恐らくは彼女も気分が高揚しているのだろう。

薄桃色の先端部も、つんっと元気よく上を向いていた。

「……っ」

思わずごくりと喉の鳴った俺に、冴子も嬉しそうに微笑みながら、俺の手を自らの胸元へと誘う。

「ほら、触って」

——むにゅりっ。

「——っ⁉」

おっぱいって、こんなに柔らかかったんだなぁ……。

服の上から押しつけられることはあっても、直に触れたことは一度もなかったから知らなかった。

まさかこれほどまでとは……。

冴子のおっぱいは、まるで蒸したての肉まんのように、どこまでも指を沈ませていく柔らかさを誇っており、手のひらの中央にある、少し固い突起の感触が、妙にリアリティを与えてきて、俺の情欲を一層高めていく。

——もう、逆らえない。

俺がそう思った時には、すでに冴子の手がベルトにかかっており、次いでズボンのチャックを引き下げる音が聞こえた。

ああ、本当にしちまうんだな……。

ベッドの天蓋をぼーっと眺めながら、ふと俺がそんなことを考えていると、

「――ふふ、今楽にしてあげるわ」

冴子の蠱惑的《こわくてき》な声が耳に届き、彼女がトランクスに手をかけたのが分かった。

こんにちは、俺の息子。

お前も冴子のような美少女に出迎えられて、さぞ嬉しいことだろう。

どこか他人事のように考えつつ、今まさに冴子の手によって、息子のご尊顔が露呈しようとした――その時だ。

「――っ⁉」

――ばっ。

「……？」

突如冴子が俺の上から後方へと飛《と》び退《の》いたではないか。

まさかあまりにグロテスクな息子の姿に、飛び跳ねるほど驚いたとでも言うのだろうか。

何もそこまで逃げなくとも……、と内心ショックを受ける俺だが、

「って、うおおっ⁉」

そこでとんでもないことに気づく。

なんと——俺の目の前に包丁らしきものが突き出されていたからだ。

「離れなさい、蒼司！」

「え、いや、そんなこと言われても⁉」

何がどうなっているのか、まったく状況が理解出来ない中、ばりばりと空間を砕きつつ、包丁を握っているであろう人物が、こちら側へと徐々に這《は》い出《だ》してくる。

「ひ、ひいっ⁉」

それだけでも十分恐怖を感じる俺だったが、〝彼女〟はそのままベッドの上に悠然と降り立つと、持っていた包丁の白刃を煌《きら》めかせ、生気の消えた顔で薄《うつす》らと笑みを浮かべながら言った。

「――ああ、やっと見つけた……。わたしの、わたしだけの蒼ちゃん……」

――三葉愛海《みつはまなみ》。

俺のお隣さんで、幼稚園の頃からずっと一緒に過ごしてきた、幼馴染《おさななじ》みの美少女だ。

が、いくら幼馴染みとはいえ、この状況である。

「きゃ、きゃああああああああああああああああああああっっ⁉」

当然、俺はこの上ない大絶叫を上げたのだった。

二章　ヤンデレ幼馴染《おさななじ》みの襲来

愛海《まなみ》は昔から控えめなやつだった。

もちろん悪い意味じゃない。

口数が少なく、あまり自分から前に出たりはしないが、だからこそいつも陰で支えてくれるような、抜群の安心感を持つ少女だったのだ。

たぶん垂れ目で柔和な感じの顔立ちや、髪型など、見た目のお淑やかさも、その安心度合いに拍車をかけていたのだろう。

確か初めて会ったのは、俺がまだ三歳くらいの頃だったか。

引っ越してきた家がお隣さんだったということや、幼稚園で同じ組になったということもあってか、俺たちの仲は急速に進展していった。

さすがに全部同じクラスということはなかったものの、小学校に中学校、高校と、同じ通学路を毎朝一緒に通い続け、気づくと、出会ってから優に一五年近い月日が経っていた。

愛海はずっとこんな風に俺と歩いていたいと笑顔で言ってくれて、俺もそうなったら嬉《うれ》しいなと思ったりしていた。

そんな愛海だが、彼女はいつの頃からか、口癖のようにこう言うようになった。

「——だってわたしは、蒼《そう》ちゃんの〝お嫁さん〟だから……」

——お嫁さん、と。

どうやら幼稚園時代に、俺は愛海と結婚の約束をしたらしく、彼女はそれを今でも覚えていてくれたようなのだ。

まあ、俺の方はすっかり忘れていたのだが。

なので、冗談半分にそう言い続けていたのだと、俺はてっきりそう思っていたのだが、彼女は本気で俺のお嫁さんになろうとしていたらしい。

それに気づかず、冴子《さえこ》の告白を受け入れてしまったことに関しては、正直、今も申し訳ない気持ちでいっぱいだ。

だから早めに伝えて謝ろうと思っていたものの、そういう時に限って俺には所属している生徒会の、愛海には家庭の用事があったりして、登下校時間も合わず、ここ二日ほどゆっくりと話せてはいなかった。

いなかったのだが、

「——た、助けてくれ、巫女《みこ》ぉ〜⁉」

——ばんっ！

「ぶーっ⁉」

けたたましく扉を開けて飛び込んできた俺に、食堂で優雅に紅茶的なものを嗜《たしな》んでいた巫女が、思わずこれを噴き出す。

「な、なんなんですか、いきなり——って、ぎゃああああああああああああああああああああああああああああああっっ⁉」

振り向くと同時に、巫女がこの世の終わりにでも遭遇したかのような顔で叫び声を上げる。

何に驚いているのかはよく分からないが、今は一刻を争う事態なのだ。

「い、いいからちょっと来てくれ！」

——ぶるんっ。

「ひ、ひいいいいいいいいいいいいいいいいいいいいいいっっ⁉」

俺が真剣に同行を訴えかけるも、何故《なぜ》か巫女は顔を真っ青にし、悲鳴とともに椅子から転げ落ちた。

一体何をやっているんだ、あいつは。

ええい、このままでは埒《らち》が明かん！

「悪いが緊急事態なんだ！　今すぐ俺の部屋に来てくれ！」

――ぶるんぶるんっ。

「ちょ、ちょっとこっちに来ないでください⁉　ひ、人を呼びますよ⁉」

「ああ、頼む！　出来れば五〇人くらい呼んでくれ！」

「え、ええっ⁉　どういう嗜好《しこう》をお持ちなんですか⁉」

すこぶる驚いている様子の巫女だが、俺も冗談で言ったわけではない。

むしろ五〇人で足りるかどうかも怪しいのだ。

「ひいっ⁉」

だがそんなことを悠長に考えている暇のない俺は、困惑している巫女の腕をがっしりと掴《つか》んで引く。

「とにかく一緒に来てくれ！　今はお前が必要なんだ！」

「い、いやいやいやいやいや⁉　わ、私たちまだそういう関係じゃないですって⁉」

が、何故か頑なにこれを拒否する巫女。

全力で踏ん張っているところを見る限り、よほど嫌なのだろう。

「頼む！　もうお前しかいないんだ！」

「な、なんでですか⁉　蒼司《そうじ》さんには冴子さんがいるでしょう⁉」

「その冴子のためにも、お前の力が必要なんだよ！」

「つ、つまり私は練習台ってことじゃないですか⁉　絶対に嫌ですよ、そんなの⁉　女の子をなんだと思ってるんですか⁉　最低です！」

「はあ⁉　俺の一体何が最低だって言うんだよ⁉」

と。

「――決まっているでしょう⁉　そんな恰好《かっこう》で私を襲おうとしているところですよ！」

……はっ？

「いや、お前は一体何を言って――」

と、そこで俺は気づいてしまった。

そう、今の俺の服装が――〝裸ワイシャツ〟であるという事実に。

「…………」

え、何これ。

なんで俺はこんな恰好をしているの？

しかも息子はばりばりの戦闘モードだし。

「……あっ」

最中、俺は思い出す。

先ほど途中まで冴子にパンツを脱がされていたということを。

大方、愛海の一撃を冴子が避けた際、勢いでパンツが脱げたのだろう。

ここに来るまで誰ともすれ違わなかったから、全然気づかなかった……。

「こ、これは失礼⁉」

――ばっ。

「ちょっ⁉」

慌てて荒ぶる息子を近くにあったティーカップと受け皿で隠した俺は、巫女に必死の弁明をする。

「ち、違うんだ、巫女⁉　こ、こんな恰好だったなんて知らなかったんだ⁉」

「そ、そんなことより、私のお気に入りで何してくれてるんですか⁉」

しかし巫女は、それよりもティーセットの方が気になっていたようだ。

「す、すまん⁉　今返すから⁉」

「い、いりませんよ、そんなもの⁉　もう使えないじゃないですか⁉」

「そ、そうだよな。じゃあ……」

すっ、と再び股間を隠す俺。

「ちょっ⁉　やめてください⁉　使えなくても私のなんですよ⁉」

「え、えぇ……」

じゃあどうすりゃいいんだよ……。


とりあえずそこら辺にあったテーブルクロスを身体に巻きつけた俺は、巫女を連れ、先ほどまでいた客間へと急ぐ。

「というか、お二人はお楽しみ中だったんじゃないですか？　だからあんな恰好だったのでしょう？」

「いや、お楽しみって……」

まあ意図せずとはいえ、そういう流れになっていた以上、否定は出来ないのだが。

「それで、私の力が必要ってどういうことです？」

「ああ、それなんだが――」

と言ったところで、再び客間へと戻ってきた俺は、室内に半眼を向けて言った。

「……あれだ」

「まったくなんなんですか……」

やれやれと呆《あき》れたように、俺の視線の先を追った巫女が目にしたのは、

「──死ね！　死ね！　死ね！」

──きんっ！　がんっ！　がきんっ！

「『…………』」

──ハサミと包丁でガチの殺し合いを繰り広げている、冴子と愛海の姿だった。

ちなみに、冴子はいつの間にやらブラジャーを装着しており、トップレス状態ではなくなっていた。

「あー……」

ドン引きを通り越し、一瞬で何かを察したらしい巫女は、ふっと菩薩《ぼさつ》のような微笑みを俺に向けながら言った。

「──うん、これは放っておきましょう」

「いや、諦めないでくれよ⁉」

そう突っ込むも、彼女の気持ちが分からなくはない俺だった。

「だってあれ、どうにかなると思います？」

今度は俺が巫女の差した指の先を追う。

と。

「蒼司に集《たか》る害虫の分際で！　消えなさい！」

——がんっ！

「あなたこそ消えて。蒼ちゃんの迷惑になる」

——ぎんっ！

「うるさい！　その汚らわしい口で蒼司の名を呼ばないで！」

——がぎんっ！

「しつこい人……っ」

——ずがんっ！

「…………」

うん、ならねえわ。

戦闘の余波ですぱすぱ刻まれていく家具類の姿を目の当たりにし、俺は巫女同様、悟りを開いた御仏《みほとけ》の顔になっていた。

余談だが、冴子は分離可能なハサミによる、剣の二刀流みたいな戦い方で、愛海は右手の包丁を主軸に、時折隠し持っていた果物ナイフを、三本くらいまとめて投げつけるような戦い方をしていた。

完全に忍びである。

本音としては、このまま何も見なかったことにして、客間の扉をぱたりと閉めたいところなのだが、冷静になって考えてみると、これを野放しにしておくと、確実にどちらかが死ぬことは間違いないだろう。

それが冴子になるのか、それとも愛海になるのかは分からないが、もしかしたら相打ちという可能性もある。

これだけ実力が拮抗《きっこう》している両者だ——それも十分にあり得るだろう。

とはいえ、二人とも俺の大事な人たちに変わりはない。

どちらかが死ぬことなど考えたくもないし、ましてや二人を失うなどということになったら、俺はこの世界で生きていく自信すら失ってしまうと思う。

そのくらいかけがえのない人たちなのだ。

まあ、色々とあれなところはありますが……。

なので、俺としてもなんとか止めたいとは思うものの、

「——死になさい！」

——ぎんっ！

これ、止めに入ったら俺の方が死にそうだなぁ……。

すでに達人級の戦闘へと発展している両者の様子に、俺はふとそんなことを思う。

「あ、そういえば美味《おい》しいお茶菓子を貰《もら》ったんですけど、一緒に食べませんか？」

巫女にいたっては、すでに現実逃避してお茶会を開こうとしている始末だ。

「いや、俺もそうしたいのは山々なんだけどさ……」

出来るかどうかは別としても、どうせやるなら、四人揃《そろ》ってお茶を楽しみたい。

そう考え、俺は覚悟を決めて二人を止めるために歩き始める。

「ちょ、蒼司さん⁉　やめた方がいいですって⁉」

もちろん俺だって近づかない方がいいのは百も承知だ。

だがそれでも、

「——悪いな。忠告はありがたいんだけどさ、二人とも俺の大事な人たちだから」

「蒼司さん……」

俺は巫女の制止を振り切り、未だ戦闘を続けている女子たちのもとへと向かう。

当然、これだけの争いを止める手立てなど、俺は持ち合わせてはいない。

だから今俺が伝えられる精一杯の気持ちを、とにかく彼女たちにぶつけようと思う。

「──っ」

俺が凛然《りんぜん》と二人に声をかけようとした──次の瞬間。


──どがんっ！


「「「──っ⁉」」」

突如窓側の壁が吹き飛び、俺たちは揃って何事かと目を丸くする。

ありがたいことに、冴子たちも手を止めているようだった。

俺たちが啞然《あぜん》とする中、室内に立ち込めていた煙が徐々に晴れ、そこから一つのシルエットが浮かび上がる。

「──ふはははは っ！　よもや今の一撃で死んではおらんよな、救世主！」

高笑いを響かせながら姿を現したのは、金色のたてがみを風に揺らす、筋骨隆々の獣人然とした男性（？）だった。

というか、普通にライオン人間である。

てか、何あれ⁉

すっごいもふもふ⁉

〝魔物〟というものが本当にいたことに驚く俺のことなど目もくれず、男性は自信に満ちた声音で言う。

「我は冥王さま直属の六大魔王が一人――〝獣魔王〟ライオーガ！　異世界より救世主が現れたと聞きつけ、我らが王の障害となる前に抹殺しに来た次第よ！」

恐らくはレベル1の時に殺すべきだと考えているようなタイプの魔物――いや、魔王だったのだろう。

ゲームとかではまずあり得ないのだが、実にまともな考えを持つ魔王である。

確かに俺が魔王だったならば、勇者（救世主）などというものが現れたと聞いた瞬間、全力で抹殺しに行くことだろう。

そうでなくとも、それなりの地位にいる手下がやられ始めた時点で、いずれ障害になるのならばと排除するはずだ。

しかしゲームなどでは、お話の都合上、魔王は最後の最後までふんぞり返っているので、そりゃやられて当然である。

「はぇ～」

それにしても、と俺はライオーガなる魔王を感心したように見回す。

まさか本当に魔王や獣人といったものが存在しているとは思わなかったからだ。

何故かご丁寧に日本語まで喋《しゃべ》っているわけだが、巫女とも普通に会話出来ていたし、たぶん異世界召喚された際、言語の壁がなくなるような現象が起こったのだろう。

ただ、

「――はあっ！」


がきんっ！　と再び刃を交わし始める冴子たち。

そう、今は絶賛取り込み中なのである。

ライオーガの登場により、一時は手を止めたものの、それもほんの数十秒ほどのこと。

彼女らにとっては心底どうでもよかったと思われ、晴れて戦闘が再開されたというわけだ。

「むっ？」

さすがのライオーガも、些《いささ》か雰囲気がおかしいことに気づいたのだろう。

あれだけど派手な登場と名乗りを上げたにもかかわらず、自分を無視してちゃんちゃんばらばらを始めたのだ。

それも頷《うなず》ける話だとは思う。

問題はこれだけぞんざいな扱いを受けたことに対し、ライオーガが冴子たちに刃を向けないかどうかだが、そもそもやつの狙いは救世主である俺だ。

ゆえに、ライオーガは女子たちを放置し、俺を仕留めるべく、こちらに向けて歩を進めながら言った。

「まあいい。とにかく我の目的は救世主——貴様だ。この女どもに関しては、貴様を殺した後にでもゆっくりと——」

が。


「——邪魔よ！」「——邪魔」

——どごっ！


「ぎょえええええええええええええええええええええええええええっっ⁉」

「ま、魔王ーっ⁉」

部屋の中央を堂々と歩いていたライオーガは、女子たちに邪魔だとぶん殴られ、自身が開けた壁の大穴から、ぽーんっと勢いよく飛び出していった。

なお、ここは五階である。

「え、ちょっ⁉　あの先ってどこだ⁉」

「い、一応中庭のはずですが……って、蒼司さん⁉」

駆け出した俺を巫女が呼び止めるが、俺は足を止めぬまま答える。

「だって放っておくわけにもいかんだろ⁉　すまんが二人のことを頼む！」

「ええっ⁉　いや、無理ですよぅ～⁉」

そう泣きながら俺の後をついてきた巫女とともに、俺は中庭に落ちたと思われるライオーガのもとへと急いだ。


――数分後。


「だ、大丈夫か、魔王⁉」

中庭には、騒ぎを聞きつけたであろう兵たちや、メイドさん方が集まっていたが、俺たちはそれらをかき分け、すっかり虫の息になっていた魔王へと声をかける。

「み、見事な一撃だったぞ、救世主……」

いや、それ俺じゃないんだけど……。

「だが、努々《ゆめゆめ》忘れぬことだ……。たとえここで我が倒れても、五人の魔王と、我らが冥王さまが控えて……ぐふっ」

「わ、分かった！　分かったからもう喋るな！」

「ふ、何故敵である我のために、救世主である貴様がそのような顔をする……？」

それはやったのが俺の彼女と幼馴染みだからだよ！

せっかく来てくれたのに、申し訳なさすぎて泣きそうなだけです！

だがそんな俺の切なる思いなど、当然、死にかけのライオーガには届くはずもなく、

「さ、最後に、貴様の名を……教えてはくれぬか……？」

え、この状況で俺の名前⁉

「そ、蒼司だ！　不破《ふわ》蒼司！」

「ソウジ、か……。いい名だ……」

「いや、そんなことより今治療を――」

と。


「――お、お前のようなつわものに会えて……よかっ……た……」

――がくっ。

し、死んだー⁉

獣魔王ライオーガ――逝く。

出会ってから五分程度という短い命であった。

「な、なんてこった……」

何故か満足げな死に顔のライオーガに、俺は愕然《がくぜん》と呟《つぶや》く。

ついに俺の彼女と幼馴染みのせいで死人……いや、死獣人が出てしまった。

この罪を一体俺はどう償えばいいのか。

「や、やっちまったーっ⁉」

天を仰ぎ、絵画――ムンクの〝叫び〟を彷彿《ほうふつ》とさせるげっそり顔で、一人絶望の淵に立たされていた俺だったが、

『――うおおおおおおおおおおおおおおおおおおおおおおおおおおおおおっっ‼』

「……えっ？」

突如上がった大歓声に、思わず呆《ほう》けてしまった。

どういうことかと口を半開きにしていた俺を現実に引き戻したのは、他でもない巫女だった。

「――やりましたね、蒼司さん！」

「へっ？」

俺の手を両手でとり、彼女は満面の笑みで喜びを露わにしてきたのだ。

「まさかお喚《よ》びして早々、六大魔王の一人を倒してしまうなんて凄いです！」

「いや、倒したのは俺じゃないんだけど……」

「ま、まあそれはこの際置いといて……」

すっと箱でも置くかのようなジェスチャーの後、巫女は両手を胸の前でぐっと握り、再びテンション高めに言った。

「とにかくこれで残るは魔王が五人と、全ての元凶――冥王だけです！　これからもこの調子でどんどん倒していきましょう！」

「え、えぇ……」

とてもそんな気分にはなれない俺だったが、どうやらこの騒ぎのおかげで、冴子たちの死闘も中断されていたらしく、そういう意味で言うのであれば、ライオーガもあながち無駄死にではなさそうなのであった。

ちなみに、ライオーガはなんか色々と可哀想だったので、丁重に葬ってくれるよう頼ん

でおきました。


その夜。

獣魔王ライオーガ討伐及び救世主一行の歓迎を祝し、レクリア城では細《ささ》やかながら宴の席が設けられていた。

もちろん王さまにはお酒なども勧められたのだが、一応未成年ということもあり、俺たちは果実を使ったジュースの類いで喉を潤しつつ、広間いっぱいに並べられたビュッフェ形式の料理を、ちょこちょこと味わったりしていた。

が。


「――ほら、蒼司。このお肉、とっても美味しいわよ？」

――ずいっ。

「う、うん……」

「――蒼ちゃん、わたしはこっちのお魚の方が美味しいと思う。食べるならこっちに」

──ずいっ。

「え、えっと……」

た、助けてください……。

冴子と愛海に両側から料理を差し出されるという絶望的状況の中、俺は一人この場に隕《いん》石《せき》でも落ちてくれないかと真剣に祈りを捧《ささ》げる。

恐らく冴子の肉を食べると、愛海が死ぬほどショックを受け、逆に愛海の魚を食べると、冴子のハサミで俺の息子が宙を舞うのだろう。

先ほどは流れで激しい戦闘を繰り広げることになったが、元々愛海は冴子ほどアグレッシブではないので、自ら俺を傷つけてきたりはしない──と思う。

まあ思い悩んだ末、「一緒に死んで」とかは大いにありそうなのだが。

だから冴子を選んだ方が、肉体的なダメージは少ないと思うものの、しかしだからと言って、愛海の悲しむ顔は見たくない。

彼女は何かと落ち込みやすい上、落ち込み方の度合いが半端ではないからだ。

なので、なんとか二人が（あと俺も）傷つかずに、この場を収める方法はないものだろうか。

というか、そもそもの話として、待望の救世主がこの有り様でいいのか。

『──────』

周囲に救いを求めようとする俺の視線を、何故か人々は皆すっと軽やかに躱《かわ》していく。

何か雰囲気というか、本能的に関わらない方がいいと感じているのであろう。

その証拠に、先ほどまでやたらとお酒を勧めてきていた王さまが、まったくと言っていいほどこちらに近づく気配すら見せないではないか。

おい、おっさん。

こういう時こそ、王の威厳を見せるべきじゃないのか。

何、王妃さまといちゃいちゃしてるんだよ。

つーか、俺もあんな美人で優しそうな女性といちゃいちゃしてえよ。

「ほら、早く食べないと冷めてしまうわ。はい、あーんしてちょうだい」

まあ、これも一応美少女たちとのいちゃいちゃなのかもしれないけど。

「大丈夫。骨はちゃんとわたしが取っておいたから」

「〜〜っ⁉」

選択の時が間近に迫り、俺は覚悟を決めて両方いっぺんに頬張《ほおば》ろうとする。

だが少しでもタイミングがずれたら、どちらかを取りこぼしてしまうことだろう。

そうなったら最後──どう足掻《あが》いてもYOU　DIEDである。

それはさすがに勘弁なので、俺は今俺の持てる全力を以て、彼女らの差し出した料理を、意地でも口内に押し込もうとしていた。

と。

「――ふんふんふ～ん♪　お肉ぅ～お肉ぅ～♪」

鼻歌交じりに照り焼き系統の料理を皿によそっていた巫女を視界に捉えた俺は、すまないという気持ちが心の片隅あたりにありつつも、躊躇《ちゅうちょ》なく彼女を呼んだ。

生《い》け贄《にえ》――発見。

「よ、よう、巫女！　楽しんでるか？」

「えっ？　――ひっ⁉」

俺たちの姿を確認した瞬間、巫女はびくっと肩を震わせる。

それもそうであろう。

「――――」

――じろりっ。

こいつに手を出したら殺すぞみたいな視線を、俺の隣にいる冴子からがっつり向けられていたのだから。

「た、たた楽しんでますよ⁉　じゃ、じゃあ私はこれで⁉」

当然、そそくさと去っていこうとする巫女だが——そうはさせん！

「い、いやいや⁉　ほら、せっかくだしこっちで話でもどうだ⁉」

「け、結構です！　お三方のお邪魔をするわけにもいきませんしね！」

にこり、と滝汗交じりの愛想笑いを浮かべつつ、巫女は目線で訴えかけてくる。

（というか、何私を巻き込もうとしているんですか⁉）

（しょうがないだろ⁉　このままだと俺の命が危ないんだから⁉）

（だからって私の命を危険に晒《さら》さないでくださいよ⁉）

（それは素直に悪いと思ってるので助けてくださいお願いします～⁉）

内心涙ながらに懇願する俺の気持ちを慮《おもんぱか》ってくれたのか、巫女はがっくりと肩を落とした後、心底気が乗らなそうにこちらへと向かってきてくれた。

あ、ありがとう、巫女！

これで助かった……。

俺がほっと胸を撫《な》で下《お》ろしていると、

「——」

――ぎろりっ。

「…………」

――すー。

冴子にすこぶるメンチを切られた巫女は、そのまま俺たちの前を素通りしていった。

「お、おい、ちょっと待てーっ⁉」

――むんずっ。

「は、離してください～⁉　やっぱり無理ですぅ～⁉」

俺に服の裾を摑まれた巫女が、なんとか逃れようと暴れ回る。

だがここで離してなるものかと、俺も握力を全開にして引き留める。

すると。

「――あら、随分仲がよさそうなのね？　ところで誰が接触の許可を出したのかしら？」

「「えっ？」」

俺たちのお馬鹿なやり取りに、ふと冴子が声のトーンを下げながらそう言ってきた。

それどころか、

「――蒼ちゃん、どうして食べてくれないの……？　その人の方が大事なの……？」

愛海も絶望に満ちた顔で、今にも自分で自分の命を絶ちそう（俺を殺った後に）ではないか。

「「ひえっ⁉」」

（や、やばいやばいやばいやばい⁉）

（やばいのは見れば分かりますよ⁉　どうするんですか、これ⁉）

（それを今考えてるんだろ⁉　お前こそ何か妙案はないのか⁉）

（無茶言わないでくださいよ⁉　というか、ずっと言おうと思ってたんですけど、なんてものを連れてきてくれちゃったんですか⁉）

（え、それを今言うの⁉）

なお、ここまでにかかった時間は〇コンマ五秒くらいだったりする。

もちろん実際に喋っているわけではない。

（つーか、冴子たちに関しては、俺が連れてきたわけじゃないだろ⁉）

（かもしれませんけど、結果的に、二人ともあなたを追って現れたのでしょう⁉　だったらあなたが連れてきたようなものじゃないですか⁉）

（ひでえ⁉　それが救世主に対して言う言葉か⁉）

（破壊神を二人も連れてきといてよく言えますね⁉）

目線のみで無益な言い争いを続ける俺たちだが、今話し合わなければならないのは、そんなことではない。

まだまだ言い返したい気持ちは残っているものの、それはぐっと呑《の》み込《こ》み、俺はやはり目線のみで本題を伝える。

（と、とにかく！　今はこの状況を切り抜ける方法を考えるぞ！）

（た、確かに！　で、どうするんですか⁉）

（とりあえず冴子が怒っているのは、俺とお前が仲良くしているように見えたからだ！　自分で言うのもなんだが、恋敵が現れたとでも思ってるんだろうさ！　だからそうじゃないことを説明すればいいと思う！　愛海もその延長線上でなんとかなるはずだ！）

（な、なるほど！　分かりました！）

揃って冷や汗をだらだらと垂らした後、俺たちはまるで最初から口裏を合わせていたかのように思えるほど、見事に互いがただの知り合いであることを説明した。

「は、はは、嫌だなぁ。俺とこいつは今日初めて会ったばかりだぞ？　それにこいつには将来を誓い合った相手がいるんだから、知り合い以上の関係になることなんてあり得ないだろ。なあ？」

「え、ええ、仰るとおりです。私には愛するダーリンがいますし、今夜は彼と朝までエキサイティングする予定ですので、お二人も是非この後は蒼司さんと朝まで頑張っちゃってください」

「――っ⁉」

な、何ーっ⁉

俺が巫女の裏切りにすこぶるショックを受けていると、女子たちは安心したように頬を染めて言った。

「あら、それはごめんなさい。でもそうね。せっかくだし、ご厚意に甘えさせて貰おうかしら」

いやいや、甘えて何をする気なの⁉

「……よかった。うん、わたしも蒼ちゃんの赤ちゃんを産みたいから頑張るね……」

そしてこっちは露骨⁉

完全にやる気じゃねえか⁉

ど、どうしてこうなった……。

俺が心底げんなりしていると、さすがにやりすぎたとでも思ったのか、巫女が話題を転換させようとする。

「そ、そういえば、明日以降のご予定に関してなのですが、まずは大聖堂に赴き、破邪の聖剣――〝イアハート〟を授与させていただけたらと思っておりまして」

「あら、そうなの？　まあそのくらいならいいんじゃないかしら？　ねえ、蒼司」

「えっ？　あ、はい」

とりあえず素直に頷いておく。

逆らったら死にそうだし。

だが冴子は腕を組み、不遜にこう続けた。

「でもその後の冥王退治？　だかをする義理まではないと思うのだけれど？　その前に退治しないといけない害虫もいるし」

――ちらりっ。

「…………」

すっ、と俺の背後に隠れる愛海。

――ぴきっ。

「あら、怖《お》じ気《け》づいたのかしら？」

「別に。わたしはただ蒼ちゃんさえ居てくれればそれでいい。だからあなたの遊びに付き合うつもりはない」

「へえ？　遊び？」

ごごごごご、と睨《にら》み合《あ》うだけで空間をねじ曲げる両者の〝圧〟に、俺たちは揃って顔が青黒くなっていた。

が、巫女としてもそれでは困るようで、なんとか女子たちをその気にさせるべく、説得を試みようとする。

「あ、あの、もちろん私たちも全力でサポートしますし、残りの魔王たちと冥王さえ討っていただけたなら、国を——いえ、この世界を挙げて皆さんにお礼もいたしますから！」

「お礼と言われてもねぇ。お金なんていらないし、私はただ永遠に蒼司と居られればそれでいいのだけれど」

え、永遠？

「わたしも蒼ちゃんと一緒に居られる以上のお礼は必要ない」

「そ、そう仰らずに……」

ぐぬぬ、と唇を噛《か》み締《し》める巫女だが、ふとそこで何かに気づいたらしい。

彼女は一度瞳を閉じ、分かりましたと厳かな口調で言った。

「では冥王を倒していただけたら——国を挙げて私たちがあなた方の挙式を行わせていただきます！　新居もプレゼントです！」

「「！」」「……はっ？」

お、お前ーっ⁉

ついになりふり構わなくなりやがった巫女に、俺が抗議の視線をこれでもかと向けていると、

「――もちろん新婚旅行は私たちの気が済むまでさせてくれるのよね？」

「仰せのままに。世界を五〇周していただいても構いません」

先ほどまで難色を示していたはずの冴子が、途端にハネムーンの話をし始め、

「――新居のデザインは出来るの？　出来れば、噴水と真っ白なわんちゃんが欲しい。お庭も広めでお願い」

「分かりました。最高の建築士と、もふもふのお犬さまを用意しましょう。コックやメイドなどの使用人も、私たちが無償で派遣させていただきます」

同様に、愛海も何やら色々と要望を出す始末。

一番あれなのは、それらの希望に対し、巫女が即行で首を縦に振っていることである。

聞いた感じ、全てにおいて破格の条件を提示しているようだ。

あのアマ、やりやがった。

恐らくは俺をだしに使うことが、冴子たちを扱う上で、もっとも重要なことだと気づいたのだろう。

事実、俺との婚姻を少し匂わせただけで、彼女らはほいほいと考えを変えた。

これで巫女の望み通り、冥王討伐の旅に出ることが決定したわけだ。

さぞかし彼女も喜んでいることだろうさ。

だが！　と俺は両目を見開き、再度目線で巫女に訴えかけた。

（見損なったぞ、巫女！）

（な、なんとでも言ってください！　もうこれしか方法がないんです！）

（だからって俺の人生がどうなってもいいのか⁉）

（ぶっちゃけいいと思ってます！）

（ひ、酷い⁉　せ、聖剣の守り手たる巫女がそれでいいのか⁉　あんた、聖女だろ⁉）

（しょ、しょうがないじゃないですか⁉　というか、蒼司さんだってさっき私を生け贄にしようとしてたでしょ⁉）

そうでした。

（そ、そこは許してくれよぉ～⁉）

（え、えぇ……）

抗議早々、すっかり立場の逆転した俺だった。

冥王を倒しても倒さなくても地獄しか待っていない現状に、思わず魂が昇天しそうになった俺だったが、それではダメだと持ち前の正義感で人々を救うため、冥王の討伐に向かうことを決める。

そもそもこの世界に来た時、俺は巫女の頼みに一度は頷いているのである。

である以上、たとえ冴子たちが難色を示していたとしても、最終的にはなんとかこの世界を救うつもりだったし、早い段階でこうなってくれたのは、むしろ俺的にありがたいことであった。

が。

「——今すぐそこから消えて貰えるかしら？　害虫さん」

現在、俺の右隣には、愛用のハサミをじょきじょき動かしている、血走った眼の冴子がいる上、

「――それは出来ない。わたしは蒼ちゃんの……お嫁さん、だから……」


左隣には、同じく包丁を手に、何故か少し恥じらっている様子の愛海の姿があった。

なお、俺たちがいるのは、新たに用意された客間の――そのベッドの上である。

前の部屋は冴子たちが暴れただけでなく、ライオーガが壁をぶち抜いてくれたので、とてもではないが、使用出来る状態ではなくなってしまったのだ。

一応部屋は三人分用意されていたのだが、当然のように二人は自室で寝ることはせず、ほぼ同じタイミングで俺のベッドに入ってきた。

もちろん激しく刃を交えながらやってきたわけだが、そのうちうっかり切断されるんじゃないかな、俺……。

ともあれ、両者とも片方の腕を俺の腕と絡めているため、戦力も半減――しているのかは、正直、疑わしいところだが、とにかく片腕で互いを牽制《けんせい》し合っていた。

元来ならば、この両腕を柔らかく包む二人のおっぱいに、俺は童貞らしく胸躍らせる場面なのであろう。

冴子はかなり豊かだし、愛海も手のひらくらいのサイズはある。

「お、お前らもう少し離れろよ～」とかどきどきしながら言うに違いない。

しかし。

——がきんっ！


今どきどきなのは、戦闘の余波で俺が死なないかどうかである。

顔の上を何度も高速で行き来する刃物の姿に、俺は一人死人のような顔色になる。

ぶつかる度に散る火花が、いい感じに俺の肌を焦がしているが、ここで動くと俺の命が散りかねないので、熱くてもじっと我慢だ。

なんという苦行。

神は何故無垢《むく》なる俺にこのような試練をお与えになられたのであろうか。

おっぱいくらいでは釣り合いがとれないほどの苦しみである。

だが今日さえ乗り切れば、明日からは冥王討伐の旅に出るわけだし、こうやって三人で寝ることもなくなるはずだ。

さすがに他の人たちがいる中で、事に及ぼうとはしないと思うし。

「…………」

いや、しないよな？

なんか改めて考えてみたら、普通にしそうな気がしてくるから困る。

まあ、明日のことは明日考えればいいだろう。

どれだけの人数で行くとかも、まだ聞いていないしな。
そこら辺も含め、情報を全部聞いた後にでも、色々と対策を考えていけばいい。
うん、そうしよう。
ところで、と俺はベッドに取りつけられた天蓋を眺めながら思う。
やはりこの争いは夜明けまで続くのだろうか。
今日は精神的にも結構疲れたし、出来れば早く眠りたい。
そう呆けていた俺だったが、

「……あれ？」

ふと室内に静寂が訪れていたことを知り、俺は恐る恐る女子たちの様子を窺《うかが》う。
すると。

「……好きよ、蒼司……すー……」

いつの間にやら、冴子は静かな寝息を立てており、

「……蒼ちゃん、大好き……すー……」

愛海もまた、長い睫毛《まつげ》の瞳を閉じ、小さな呼吸を続けていた。

「いや、まあいいんだけどさ……」

俺は緊張の糸がほどけたように深く脱力する。

恐らく二人も疲れが出たのだろう。

何せ、彼女たちは自力でこの世界に到達したり、常人には追えないほどの速さで激闘を繰り広げたりしていたのだ。

それらに関しては、未だに理解が追いついていないのだが、とにかく何もしていない俺でさえ、それなりに疲労感を覚えているのだから、彼女たちの体力が限界を迎えていたとしても、何らおかしくはない。

「やれやれ……」

どっと一層の疲れを感じつつも、俺は二人の寝顔を眺めながら思う。

こうやって見る分には、二人とも普通の可愛い女の子なのにな、と。

「ん～、蒼司ぃ～……」

――むにゅ～。

「蒼ちゃん～……」

――ぎゅ～。

「…………」

本当に普通の可愛い女の子なんだけどなぁ……。

起床時とのギャップに涙が止まらない俺。

と。

――ぎんっ！

「ひいっ⁉」

就寝中でも無意識に互いを攻撃している二人に、どきどきも止まらない俺なのであった。

三章　ヤンデレ板挟み

翌朝。

食堂で軽めの朝食をいただいた俺たちは、佩剣《はいけん》の儀式までまだ時間があったので、気分転換に城下町を見て回ることにしていた。

もちろん案内は、我らの巫女《みこ》が務めてくれて、彼女を先頭に、俺たちは祝砲がぱんぱん鳴るお祭りムードな城下町の、もっとも大きな通りを歩いている最中だった。

城下町の建物は、木造ないしは石造りが多く、屋根も赤色で三角形のものが大多数を占めているように見えた。

なんというか、おしゃれな感じだ。

「へい、いらっしゃい！　新鮮な果物が大特価だ！」

「寄ってらっしゃい見てらっしゃい！　世にも珍しい南方の工芸品だよ！」

「そこの奥さん、反物はどうだい！　今ならこっちの糸もおまけでつけちゃうよ！」

などなど、通りの両側には、出店がずらりと並んでおり、救世主効果もあってか、どこも活気に溢《あふ》れているようだ。

中には昨日のライオーガ襲撃を、早くも人形劇にしている人もいたのだが、

「さあさあ、救世主さまの獣魔王討伐物語も、いよいよクライマックスだ！　救世主さまのブラッドデスブローで、城の中庭へとぶっ飛ばされた獣魔王だが、そこで救世主さまが目にしたのは、自らの身体《からだ》を第三形態へと変貌させている獣魔王の姿だった！」

「…………」

ちょっと俺の知ってる現実とは違う気がする。

というか、ブラッドデスブローってなんだよ。

どう考えても救世主が使うネーミングじゃないだろ。

「救世主さますげー」

「じゅうまおーこわーい」

「あはは、変なのー」

だが子どもたちには受けているようで、劇をやっている男性の周囲は、親と思われる大人たちも含め、たくさんの子どもたちで溢れていた。

まあ喜んでくれたのなら、多少事実と違っていてもいいか。

ああいうのは、どうやって観客を喜ばせるかだからな。

「へえ、なかなか賑《にぎ》わってるじゃない。私たちのデートにはもってこいね、蒼司《そうじ》」

――ぎゅっ。

「あ、ああ」

「蒼ちゃんとお出かけするの久しぶり。わたし、どこへでもついていくから」

——すっ。

「お、おう」

そして彼女たちは、もう少し俺を喜ばせてくれると助かる。

一般的に見ると、両手に花だし、嬉《うれ》しい状況なのだろうが、俺の場合、少しでも対応を間違えたら死が待っている。

気が休まらないったらありゃしない。

二人には気づかれぬよう、小さく嘆息しつつ、俺たちは街中を色々と見て回る。

そうして出店の菓子類などで小腹を満たしながら、俺たちが訪れたのは、防具系の装備品類を主に扱う店だった。

「お、いらっしゃい」

恐らくは店主であろう、ダンディなお髭《ひげ》のおじさまが、こちらを振り向いて言う。

ここを訪れた理由は、一応これから旅立つ身として、今のままの恰好《かっこう》でいいのかどうかということが気になったからである。

冴子《さえこ》にしろ愛海《まなみ》にしろ、まったく問題ないとは言っていたのだが、もしかしたら何か気に入るものがあるかもしれないしな。

見る分にはいいんじゃないかと巫女に案内して貰《もら》ったのだ。

店内には軽装から重装まで、実に様々な防具類が飾ってあり、男女ともに豊富な品揃《しなぞろ》えで、中にはごてごてのフルプレートアーマーや、暗黒面に堕ちた人が着そうなローブ、店主の趣味なのか、ビキニアーマーも、布地多めから極小まで、本当に幅広い品々が置いてあった。

「――――」

最中、俺はもしこのビキニアーマーを、冴子たちが着たらどうなるかを想像してしまう。

出るところは出て、締まるところは締まっている彼女たちだ。

きっと似合うどころの話ではないだろう。

巫女もおっぱいこそ小さいものの、顔は美少女なのだ。

冴子たち同様、とても似合うと思う。

『蒼司』

――たゆゆんっ。

『蒼ちゃん』

――ぷるるんっ。

『蒼司さん』

――すかっ。

最後はちょっと悲しいことが起こっていたが、それは些細《ささい》なことである。

ちょっと試着してくれないかな、と俺がよからぬ妄想をしていると、

「——え、もしかしてそれを着るおつもりですか⁉」

愕然《がくぜん》と顔を強張らせながら、巫女がそんなことを言ってきて、俺は思わず半眼を向ける。

「なんで男の俺がこんなものを着なくちゃいけないいんだよ……」

誰も得をしないだろ。

一部の人たち以外。

「でもほら、世の中にはそういう願望を抱きつつも、世間の目が怖くてなかなかという方がいらっしゃるじゃないですか？」

「そりゃいるだろうけど、俺にそんな趣味はねえよ。そもそもこういうのは、冴子や愛海のような、スタイルのいい女子が着てなんぼだろ？」

そう問い返すと、巫女は確かにと頷《うなず》いた後、ふてくされるように言った。

「どうせ私みたいなぺちゃぱいには似合いませんよ。ふーん」

「いや、誰もそんなこと言ってないだろ……」

ぺちゃぱいだとは思ってるけど。

「いいですよーだ。こういうのは冴子さんたちのような、おっぱいがばいんばいんの人た

ちが着れば――って、うん？」
そこでふと冴子と目が合う巫女だったが、

――くすっ。


「――なっ⁉」

彼女に鼻で笑われ、わなわなと両目を見開く。

すると、巫女はぐっと拳を握り締め、

「――蒼司さん！　それ取ってください！」


「お、おう」

おもむろにそう声を張り上げてきたではないか。

「おじさん、ちょっと試着室を借りますんで！」

「う、うむ。どうぞごゆっくり……」

恐らくよほど悔しかったのだろう。

俺からビキニアーマーをぶんどった巫女は、大股で試着室に入ったかと思うと、どたば

たと騒々しく着替え始めた後、

「――ど、どうですか⁉　私だってなかなかのものでしょう⁉」

しゃっと勢いよくカーテンを開けたのだが、

――すかっ。

やはり――ぺったんこだった。

「「「…………」」」

なんとも気まずい沈黙が俺たちを包み込み、さすがの冴子もいたたまれなくなったのか、売り物のローブを巫女の肩に羽織らせ、ふっと微笑みながら言った。

「なんか色々とごめんなさい」

「なんですか、その可哀想なものでも見ているかのような顔は⁉」

「いえ、気にしないでちょうだい。大丈夫よ、あなたはとっても可愛いわ」

「え、なんでいきなり優しくなったんですか⁉」

ふんわりと頭を撫《な》でてくる冴子に、巫女は眉をハの字にして問う。

「とりあえず落ち着いて」

「愛海さん……」

その問いに答えをくれたのは、冴子ではなく愛海だった。

愛海はいつもの乏しい表情で、しかし声音は力強く言った。

「あまり騒ぐと蒼ちゃんに迷惑。もう少し静かにして」

「いや、そうなんですけどそうじゃないですよ⁉」

「？」

巫女が魂の叫びを愛海にぶつけるも、彼女は何言ってるんだろうこの人みたいな顔で、不思議そうに小首を傾げていたのだった。

巫女、どんまいである。


「――では救世主殿よ、ここに」

「はい」

そんなこんなで城へと戻ってきた時には、儀式が始まる刻限も近づいており、俺たちは早々に身なりを整えた後、レクリア城内にある大聖堂へと移動――現在、こうして王さまから破邪の聖剣――〝イアハート〟を授与されていた。

イアハートは、このレクリアに代々伝わる聖剣で、なんでも初代レクリア王が初めてこの地を訪れた際、今もなお城の裏手に残る大樹の根元に、煌々《こうこう》と輝きを放ちながら突き刺さっていたのだとか。

しかもその輝きのもとには、一切の魔物が近づかなかったとかで、それを見た初代レクリア王は、この地に聖都——レクリアを造ったという話だ。

これがゲームなどであれば、木の棒あたりで旅に出なければならないところだが、そこは現実的に、初めから最強武器が貰えるようである。

ついでに最高の鎧《よろい》一式と、旅費をたんまり貰えるとありがたいので、あとでちょっと交渉してみようと思う。

そこは必要経費ということで。

「おお」

ともあれ、受け取ったイアハートは、思っていたよりも全然軽く、きちんと豪奢《ごうしゃ》な鞘《さや》に収められており、鍔《つば》や柄の部分の装飾は、聖剣というだけあって、なんともゴージャスな感じであった。

というわけで、俺は後ろを振り向くと同時に、鞘からイアハートを抜き、天高く掲げる。

『おおおおおおおおおおおおおおおおおおおおおおおおおおおおおおおおおおおっっ!!』

「————」

途端に大歓声が轟《とどろ》き、俺は一人なんとも言えない感動を覚えていた。

こういう感じの鼓舞的なパフォーマンスを、一度でいいからやってみたかったのだ。

映画とかでも、毎回かっこいいなとは思っていたのだが、思わぬところで願いが叶《かな》ってしまった。

そして俺の想像通り、それはそれは気持ちのよいものであった。

これは癖になりそうだと余韻に浸りつつも、人々に見送られながら、俺たちは今まさに出立の時を迎えようとしていた。

が。


「――は、離してください～⁉」


その前に、俺はばっちり残る気満々だった巫女を捕獲するべく、一度城内へと戻っていた。

本来は彼女も同行する予定だったらしいのだが、俺たち（というより、むしろ冴子と愛海）が思ったよりもやべえやつらだったので、急遽《きゅうきょ》予定を変更したのだろう。

だがそうは問屋が卸さんぞ、巫女。

残念ながら、貴様にもこの地獄に付き合って貰うからな。

「嫌ですぅ～⁉　私には平穏という名の愛するダーリンがぁ～⁉」

「諦めろ。やつは死んだ」

ずるずると巫女を引きずりつつ、俺は冴子たちのところへと戻ってくる。

さすがにこのまま引きずられていると、彼女たちに何を言われるかしれたものではないと判断したようで、途中から巫女は素直に俺の後ろをついてくるようになっていた。

まあ、直前までめちゃくちゃ泣いていたのだが。

「あら、あなたも行くのね」

「……はい。お世話になります……」

俺の言えた義理ではないが、そんなにしょんぼりしなくてもいいだろ。

「それはよかった。ならこの人の相手をお願い」

「あらあら、とうとう脳までやられたのかしら？　この子に相手をされるのは、むしろあなたの方でしょう？」

「何故《なぜ》？　わたしには大好きな蒼ちゃんがいるから必要ない」

ぎゅっと俺に寄り添う愛海に、冴子の瞳からハイライトが消える。

「そう。じゃあもう死んでもいいわね」

——じゃきっ。

「邪魔するなら容赦はしない」

　――ぎらりっ。

　早くも殺し合いを始めそうになる二人の姿に、俺は巫女に微笑みかけながら言った。

「「………」」

（なっ？）

（いや、〝なっ？〟じゃないですよ……）

　とにもかくにも、満を持して俺たちの旅路は幕を開けたわけだが、ここで一つの誤算が生じてしまった。

　そう――パーティーが俺たちしかいなかったのである。

　なんで世界を救うほどの大任を負わされているのに、四人と心許ない人数で行かなければならないのか。

　確かに色々と装備品類やアイテム類、旅費なども頂戴したのだが、それにしたって四人は少なすぎると思う。

　しかもパーティーの内訳は、俺（救世主）、冴子（バーサーカー）、愛海（バーサーカー）、巫女（巫女）だ。

少数精鋭？

いいえ、ただのバーサーカーズ＋αです。

これでどうやって冥王と残りの魔王たちを倒せと言うのか。

いや、バーサーカーズのお二人だけで倒せるかもしれないけど、そういう問題ではない。

ゲームをやっている時は、一人で魔王討伐に行かされたりすることに、冗談交じりで突っ込みを入れたりもしていたが、いざ現実でやられると、非常識極まりないということがよく分かった。

むしろ送り出す側は、一体どういう心境で送り出しているのだろうか。

今度会う機会があったら、是非とも聞いてみたいところである。

とはいえ、今さら言ったところで仕方あるまい。

流れに負けたとはいえ、出発してしまった以上、今から戻って願い出るのも変だしな。

ならばもうこのまま行こうと思う。

「じゃあまあ……行くか」

「ええ」「うん」「はい……」

というわけで、多少納得はいかずとも、まずは冥王に仕える五人の魔王たちを倒すべく歩みを進めることに。

だがいくら最強の武器があるとは言っても、戦闘経験のない俺のレベルは1か2あたりだろうし、道中で色々と経験を積んでいかなければならないだろう。

まあ、冴子と愛海は今でも80くらいはありそうなのだが、男として、彼女たちにだけ危険な役割を押しつけるわけにもいかない。

ただ問題は、現実的に考えて、〝レベル〟というものを上げることが出来るのかということだ。

レベル自体、要は〝戦闘経験〟のことだし、何度か戦っていれば、それなりに要領を摑《つか》めてはくるだろう。

しかしその程度のことで、〝冥王〟なる諸悪の根源を倒すことが、果たして出来るのだろうか。

冴子たちは比較の対象にならないので除外するとしても、アスリートの方々ですら、毎日何時間も練習を重ね、一〇年以上の歳月をかけて結果を残していくのだ。

それ以上の大業を、こんな半端な感じで成し遂げられるのか。

「…………」

え、普通に無理じゃね？

今さらながら、その結論に行き着く俺。

だがここまで来てしまった以上、四の五の言ってもどうしようもあるまい。

あとはもうゲームみたいにレベルがさくさく上がってくれるのを祈ろうと思う。

この世界の法則というのは、まだよく分かっていないし、もしかしたら、人間の第六感を超えた第七感など、謎の力に目覚めるかもしれないからな。

うん、ポジティブに考えよう。

馬車（御者は巫女が務めている）に揺られつつ、俺が内心そう頷いていると、

「――キピー！」


「「「！」」」

早速魔物がお出ましになったようだ。

ぷるるんっ、とスライム状の身体が特徴のやつだ。

まさに序盤の定番とも言えるモンスターである。

が。


「――あ、あれは〝マキシマムパワージェルル〟です⁉」

「え、マキシ……何？」

なんで初っぱなからそんな強そうな名前がついてるんだよ。

いきなり出端《でばな》を挫《くじ》かれた俺だったが、そんな場合ではないと気を取り直して馬車を飛び降り、皆に告げる。

「と、とにかく皆俺の後ろに隠れ――」

と。


「――死ねっ！」「――っ！」


――がきんっ！

「ええ、何してんの……」

なんの前触れもなく、退避させようとしていた方々が殺し合いを始めており、俺は思わず白目をむきそうになる。

何故このタイミングでちゃんばらを始めやがったのか。

その理由は、聞かずとも判明した。

「蒼司と式を挙げるのは私よ！」

――がんっ！

「それはあり得ない。わたしと蒼ちゃんは結婚の約束をした仲。あなたとは違う」

——ぎんっ！

「だったらどうして私の告白を受けたのかしらね！」

——がぎんっ！

「受けさせた、の間違いだから。蒼ちゃんは押しに弱いところがある。あなたがそれを利用しただけ」

——ずがしゃんっ！

「「…………」」

なんなのこれ……、と俺たちは揃《そろ》って固まる。

どうやら冥王討伐後、俺と挙式出来るのは一人なため、冴子が道中で魔物の襲撃を装い、愛海を亡き者にしようと考えていたらしい。

愛海は自分から攻撃を仕掛けたりはしない方だが、やむなく応戦せざるを得なくなったのだろう。

「こんなことを言ってはなんですが、私、割と本気で相打ちになってくれないかなって思ってます」

「言うな。実は俺もちょっと思ってる」

眼前で繰り広げられる異次元のバトルに、素で引く俺たちだが、彼女たちを止められるだけの力など持ってはいないので、とりあえず放っておこうと思う。

実力も拮抗《きっこう》しているみたいだし、いい感じのところでお互いに引きそうな気がしていたからだ。

一応彼女らの目的は俺と結婚することなので、本当にやばくなったら、なんとしてでも生き延びることを選ぶと思うし。

そして万全の態勢を整えた後、古代スパルタ兵のように雄叫びを上げながら、俺を取り返しにくることだろう。

というわけで——放置！

くるり、と冴子たちに背を向け、俺は再びマキシなんたらに向き直る。

「キピピー！」

やつは律儀にその場で佇み続けていてくれた。

「よし、行くぞ！」

俺は腰の鞘から聖剣——イアハートを抜き、これを両手で構える。

握った柄からはなんとも言えない力を感じ、今まさに俺の身体は、力という力に溢れていた。

——やれる！

そう直感した俺は、イアハートを振りかぶり、勇猛果敢に斬りかかろうとしたのだが、

「「――はああああああああああああああああっっ!!」」

――ごごうっ！

「げっ⁉」

その直前で上からバーサーカーズが降ってきて、マキシなんたらがいた場所にクレーターを穿《うが》っていった。

「ま、マキシなんたらーっ⁉」

慌ててやつがいたであろう場所に駆け寄るも、当然、そこにマキシなんたらの姿はなく、飛び散った肉片というか、スライム片が散乱していた。

「うわぁ……」

さすがの巫女もこれにはドン引きだったらしく、無残にも爆散させられたマキシなんたらの残りカスに、顔を引《ひ》き攣《つ》らせていた。

「もしかしてあれかな？　男として変な見栄を張るより、あの子たちに全部お任せした方が、安全かつ確実なんじゃないかな？」

「いや、事実ですけど諦めないでくださいよ……」

がっくりと肩を落とす巫女だが、彼女はでしたらと人差し指を立ててこう提案してくれた。

「途中まではお二人にお任せしつつ、蒼司さんは並行して鍛錬を続けるというのはどうでしょうか？」

「でもなぁ」

「もうこの際仕方ないですよ。悔しいとは思いますが、お二人の実力は本物ですし。ですから、今は彼女たちに頼り、その間に蒼司さんが死ぬほど鍛錬を積んで、逆にお二人をお守り出来るようになればいいじゃないですか」

「なるほど。確かにそのとおりかもしれないな」

意外とまともな提案をしてくれた巫女をありがたく思いつつ、俺は微笑みながら彼女にお礼を言う。

「ありがとな。やっぱりお前が居てくれてよかったよ」

「な、なんですかいきなり⁉　だ、大体、強引に連れてきたのは蒼司さんじゃないですか⁉　今さら好感度を上げようったって、そうはいきませんからね！　食堂ではどえらいものも見せられていますし！」

それは忘れてくれ。

「いや、そんなつもりはないんだけど……。でもまあそれでもこうやって相談出来たり、くてさ」

気持ちを共有したり出来るのは、俺としても凄くありがたいからな。だからお礼を言いたくてさ」

「え、えっと……はい。どういたしまして……」

恥ずかしがっているのか、真っ赤な顔で両手の人差し指同士をつんつんさせる巫女を、俺はふっと微笑みながら見つめていたのだが、

「——随分楽しそうね？」


「「ひいっ⁉」」

いつの間に戦いが終わっていたのか、言葉に険を孕《はら》ませながら問うてきた冴子に、俺たちは揃ってびくりと肩を震わせる。

「蒼ちゃん……」

愛海にも悲痛な声で名を呼ばれる中、油の切れたロボットのような挙動で振り返ると、そこには洒落《しゃれ》にならない形相の冴子と、すこぶる悲しそうな顔の愛海が、互いの得物をぎらつかせながら佇《たたず》んでいた。

「お、おお、無事だったのか⁉　こ、こっちも今し方魔物を倒し終わったところでな⁉」

「そう、それは何よりだわ。ところで——」

た。
ぶるぶると子犬のように震える巫女に、冴子はにたっとやばそうな笑みを浮かべて言っ
冴子に視線を向けられた巫女は、冗談抜きで、今まさに漏らしそうになっていた。
「ひえっ⁉」

「――あなた、もしかして蒼司のことが好きなのかしら？」


「いえ、顔も見たくないくらい嫌いです！」

即答。

まるで熟練の軍人を彷彿《ほうふつ》とさせる、きびきびとした受け答えだった。

「あら、そうなの？　その割には随分と親しげに話していたみたいだけれど？　ねえ？」

「うん……。わたしにもそう見えた……」

――最凶タッグ結成。

これには巫女も泡を吹きそうになっていた。

「め、滅相もございません！　蒼司さんがお二人のものだということは、この巫女――

重々承知しておりますゆえ！」

この巫女って……。

もう自分でも完全に名前が〝巫女〟になってるな、この子。

しかし今の発言に対し、冴子は異議を申し立て始めた。

「あらあら、何を馬鹿なことを。蒼司は私〝だけ〟のものよ。ほら、言い直しなさいな」

「は、はい！　蒼司さんは冴子さんだけのもので――」

と。


――しゅばっ。


「ひゃうっ⁉」

果物ナイフが巫女の頰《ほお》をかすめる。

「訂正して。蒼ちゃんはわたしだけの蒼ちゃん」

「も、もももちろん愛海さんだけのもの――」

「へえ？」

「で、ではなく、冴子さんの――」

「…………」

――ぎらりっ。

「で、でもなく、ま、愛海さんのぉ～……」

巫女、泣く。

いよいよ限界だったと思われ、巫女はどうすりゃいいんだよこんなの的な顔でぶわっと涙を溢れ出させていた。

さすがにこれ以上は忍びないので、俺は小さく息を吐きつつ、冴子たちを窘《たしな》める。

「まあ、その辺にしておけって。本当にこいつとは何もないんだからさ」

「そう、ならいいわ。ごめんなさいね。私、彼のことになると周りが見えなくなるから」

「わたしも勘違いしてごめんなさい、巫女さん」

「い、いえ……」

じゅるじゅると洟《はな》をすする巫女に、俺はポケットからティッシュを取り出し、鼻水を拭いてやる。

「……へえ?」「……蒼ちゃん」

「ひっ⁉」

「いや……」

だからやめろって。

開始早々、先行きが思いやられそうな事態に遭遇したものの、冴子と付き合った時点ですでに怪しかったので、俺たち（むしろ俺）は気にせず旅を続ける。

あれから何度か魔物に遭遇したのだが、大体は冴子か愛海が蹴散らしてくれて、俺が戦ったのは本当に少しであった。

しかしそれでもなんとなくイアハートを扱うこつとでも言うのだろうか、戦い方のようなものが分かってきて、これが〝レベルが上がる〟ということなんだろうなと実感することが出来ていた。

なお、戦闘の際にすぐ対応が出来るよう、途中から徒歩に切り替え、馬車の主な役割は荷物運びとなっていた。

そんなこんなで、聖都レクリアを出発してから半日ほどが経ち、俺たちはミクリ村という小さな村を訪れていた。

夜は魔物も凶暴化するらしいので、今日はここで宿をとり、また明朝から旅を続けようということになったからだ。

村にはそれなりに立派な宿があり、レクリアへと向かう人たちや、また俺たちのように、レクリアから来た人たちなどが、よく宿泊するようだった。

だが宿をとる前に、俺は冴子と愛海にとある相談を持ちかける。

もちろん部屋を男女で別々にしようというものだ。

その方が殺し合い的なトラブルも起きないだろうし、俺がいなければ、巫女とも普通に

接してくれると思ってのことだったのだが、

「なあ、部屋は男女で別――」

「――嫌よ」「――嫌」

「…………」

やっぱりそう来るかぁ……。

最後まで言う前に揃って拒否姿勢を示した二人に、俺はがっくりと肩を落とす。

しかしここで折れては昨日の二の舞である。

というわけで、俺はそれっぽい理由を並べて説得を試みる。

「いや、でもさ、年頃の男女が一つの部屋で寝るのはよくないと思うんだよ。間違いが起こっても困るだろ？」

「何を言っているの？　むしろ起こしてちょうだいな」

「わたしもそう思う。蒼ちゃんはもっと肉食系になるべき。そしたらわたしも……」

そうだった。

この子たち、無駄に積極的だったんだ。

説得理由の選択ミスを心から嘆きつつ、俺はなんとか軌道修正を図ろうとする。

「そ、そうか。でもほら、俺もそういう経験ないし、下手くそなところを見せて幻滅されても嫌だからさ」

これならどうだ。

背伸びをしたいお年頃ということで、もうしょうがないわね的に時間をくれるのではなかろうか。

そんな期待を込めて返事を待っていたのだが、

「――ふふ、可愛くていいじゃない。なんだかそそられちゃうわ」

……おや？

何故そのようにぞくぞくされていらっしゃるのでしょうか。

「――わたしの上で頑張る蒼ちゃん……可愛い……」

そしてYOUは何を想像してくれちゃってるんだ。

というか、お前の上で俺は何を頑張ってるんだよ。

俺の期待とは真逆の回答を返してきた上、何やら妄想までし始めた女子たちを、俺が一人顔を引き攣らせながら見据えていると、巫女が同じく二人を眺めながら、小声で淡々と話しかけてきた。

（ねえ、蒼司さん）

（なんだ？　巫女）

なので、俺も淡々と前を見ながら答える。

（もうここまで来たら、諦めてお二人に食べられるのはどうでしょうか？）

（それは構わんが、その先に明るい未来が待ってると思うか？）

（いえ。ほぼ間違いなく待っていないでしょうが、大事なのは未来より現在だと思うんですよ。というより、今さらですけど、あなたの周りにいる方々は、どうしてこんなにもやばい人たちばかりなんですか？）

（それはこっちが聞きてえよ）

（一応お尋ねしておきますが、これで終わりですよね？）

（と言いますと？）

俺がそう問い返すと、今まで冷静を保っていた巫女が、ぎぎぎと血走った眼をこちらに向けながら、念押しするように言った。

（これ以上、やべえやつらが来る可能性はありませんよね？）

（………………）

――つー。

無言で目を逸らした俺に、当然、巫女は怒髪、天を衝く勢いで猛抗議してきた。

(ど、どうなってるんですか、あなたの世界は⁉)

(俺が知るかよ⁉　つーか、皆今までは普通の人だったんだって！)

(普通の人が自力で空間の壁をぶち破れるわけないでしょう⁉　元からおかしかったんですよ⁉)

(お、おまっ⁉　一応俺の彼女と幼馴染《おさななじ》みなんだぞ⁉)

(そんなの知ったこっちゃないですよ⁉　大体、さっきの反応だと他にもいるっぽいじゃないですか⁉)

(べ、別にいるとは言ってないだろ⁉　ただよくよく考えてみたら、なんかそれっぽいかなぁってちょっと思っただけだっての⁉)

(それ確実にいますよね⁉　というか、絶対もうここにいますよ、それ⁉)

(え、マジで⁉　なんでいるの⁉)

俺にその気はまったくなかったのだが、他人事のように聞こえたのか、巫女は己が感情を爆発させるかのように声を張り上げた。

「それは——あなたを愛しているからですよ！」

「…………」

うん、それは分かった。

分かったんだけど、何故その部分だけを叫んじゃったのかなぁ……。

「……あっ」

呆《あき》れる俺の様子に、巫女も事態に気づいたのだろう。

彼女はさあっと顔色を青くした後、わなわなと震えながら背後を振り向く。

「「——」」

「ひっ⁉」

——微笑。

驚いたことに、冴子と愛海は二人揃って優しく微笑んでいた。

まるでそう——全ての罪が許されたかのように。

——じゃきっ。

「ひえっ⁉」

もちろん〝死〟によってこれからそうなるのだが。

「そ、蒼司さぁ〜ん⁉」

「ちょ、こっち来んな⁉」

危うく天に召されかけた巫女であったが、そこはなんとか誤解であることを俺も一緒に説明してやり、結局、俺が冴子たちと同じ部屋になるということを条件に、巫女の罪は許されることとなった。

何故巫女の尻拭いを俺がしなければならないのかという感じではあるが、元々彼女を巻き込んだのは俺ゆえ、まあ仕方あるまい。

今回だけは見逃してやろうと思う。

ともあれ、まだ夕食までは時間があるため、村の中を見て回ろうかと考えていたところ、ふいに冴子が巫女に問うた。

「ところで巫女さん、この村に刃物屋さんはあるのかしら？」

「刃物屋さん、ですか？」

「ええ」

なんとも物騒な響きだが、冴子にしろ愛海にしろ、刃物にはかなり深い縁があるので、そこまで驚くようなことでもないのだろう。

「この子のお手入れをしてあげたくてね」

そう言って冴子が取り出したのは、俺の予想通り、愛用の刃先長めなハサミだった。

見た感じ、新品同様の綺麗《きれい》な外観をしているように思えるのだが、何か冴子にしか分からない気にいらなさがあるのだろう。

しかしいいのだろうか。

宿敵（?）の愛海を前にして、自身の武器であるハサミを手放すなど、倒してくれと言っているようなものである。

確かに冴子なら徒手空拳でもいけるとは思うが、それにしたって大幅な戦力ダウンだ。

いくら控えめな愛海とはいえ、いい加減冴子が自分の障害になっていることは承知しているはずだし、みすみすこの機を逃すとは思えない。

「！」

——まさか俺を諦めた？

いやいや、冴子に限ってそんなはずはない。

決して自惚《うぬぼ》れているわけではないが、冴子がそう簡単に俺を諦めるとは、どうしても思えなかったからだ。

ならばやはり何か考えがあるのだろう。

俺が訝《いぶか》しげな表情で考えを巡らせていると、

「——いいの？　自ら隙を見せるような真似をして」

そう愛海が冴子に忠告を送る。

冴子だって馬鹿ではないのだ。

それらを全部分かった上で、巫女に刃物屋はないかと尋ねたわけだし、愛海もそれを承知しているからこそ、こうやってわざわざ忠告したのだろう。

「ええ、もちろんよ。だってあなたもそうするつもりだったのでしょう？」

「何故？　わたしは一言もそんなことは言っていない」

「あら、別にいいのよ？　でもあとで困るのはどちらでしょうね？」

「…………」

余裕の口調から一転して無言になった愛海だったが、彼女はふっと諦めたように嘆息して言った。

「まあいい。なら今はあなたの誘いに乗ってあげる。——巫女さん」

「は、はいっ」

びくり、と肩を震わせる巫女に、愛海は顔に先ほどまでの余裕を戻して言う。

「わたしもこの子たちのお手入れをお願いしたいから、是非腕のいい刃物屋さんを紹介して欲しい」

「え、ええ、分かりました。この村には小さな鍛冶場しかありませんが、近くの山に立派な工房を構えている、名うての鍛冶師さんがいらっしゃいますので、その方にお願いするのがいいと思います」

「そう。なら今からその人のところに行きましょう」

「うん。わたしもそれで構わない」

「分かりました。それでお代なのですが、これは私の方で——」

と。

「——蒼司のつけでお願いするわ」

「——同じく蒼ちゃんのつけでお願い」

「うん？」

な、何故俺ーっ⁉

すこぶるショックを受ける俺に、冴子たちはやはり揃ってこう言った。

「——だって愛する妻の買い物だもの。ねえ？」

「——ええ。蒼ちゃんならきっと払ってくれると信じている。だってわたしは、蒼ちゃんのお嫁さんだから」

「…………」

いや、どういう理屈だよ。

というか、お前ら本当は仲いいだろ。

何故か俺のつけでハサミと包丁類のお手入れをすることになった俺たちは、巫女の案内

で、件《くだん》の鍛冶師がいるという山の鍛冶場を訪れていたのだが、

「おや、なんの用だい？」

──ぶるるんっ。

「「………」」

──巨乳である。

しかも上はキャミソールらしきものが一枚と、無駄に薄着だ。

どうにも目のやり場に困るところだが、どうやらこの男勝りな女性が、巫女の言う名うての鍛冶師だったらしい。

年齢は二〇代半ばくらいの、快活そうな美女である。

だがこのような巨乳美女がいる場所を、当然、彼女たちが許すはずもなく、

「──他を当たるわよ」「──他を当たった方がいい」

一切の逡《しゅん》巡《じゅん》なくそう声をハモらせる。

「そ、そう言われましても……」

恐らくは巫女としても苦渋の選択だったのだろう。

半端な鍛冶師を紹介して、もし冴子たちの要望に応えることが出来なかった場合、被害を被るのは、他でもない彼女なのだ。

ならばたとえ相手が女性だったとしても、最高の仕事をしてくれる人を選んだ方がいい。

巫女はそう考えたに違いない。

なんというか、どんまいである。

「なんだい？　あたしの腕が信用出来ないって言うのかい？」

来て早々内輪揉《うちわも》めを始めた俺たちに、女性がむっとした表情をする。

これで仕事をしてくれなくなっても困るので、俺はやんわりと宥《なだ》めるように言った。

「あ、いえ、そういうことではなくてですね——」

と。

「——蒼司、どうして私以外の女と話しているの？」

——ぎろりっ。

「い、いや、この場合は仕方ないだろ⁉　彼女がこの辺りで一番いい仕事をしてくれる人なわけだし⁉　な、なあ、愛海もそう思うよな？」

が。

「——蒼ちゃんのえっち……。胸は大きければいいというものじゃない……」

「…………」

そこは突っ込まないでやってくれよ。

薄着のでっかいおっぱいが目の前にあったら、そりゃ目もいっちまうだろ。

はあ……、と俺が脱力していると、

「——ぷっ、あはははははっ！」

「「「！」」」

突如女性が吹き出し、なるほどと頷いて言った。

「つまりこの兄ちゃんが、あたしに惚《ほ》れないかどうかが心配ってわけかい？　そりゃ嬉しいねえ。あたしもまだまだイケると思われてるんだからさ」

でもね、と女性は手にしていた大金鎚《おおかなづち》を肩に担ぎながら続けた。

「あたしが愛を注ぐのは、自分の打った作品たちだけだ。悪いが人間の男に興味はない。

だからあんたたちが心配するようなことなんか、なんもありゃしないよ。この命よりも大事な鎚に誓ったっていい」

にっと不敵な笑みを浮かべる女性に、冴子が念押しする。

「その言葉に二言はありませんね？」

「ああ。もちろんさ」

冴子と女性の視線が重なること数秒。

「――分かりました」

冴子はそう頷くと、恭《うやうや》しく頭を下げて言った。

「今までの非礼をお詫《わ》びします。不快な思いをさせてごめんなさい」

次いで愛海も「ごめんなさい……」と謝罪する。

「あはははは、別にいいさ。それよりあたしに何か依頼をしたかったんだろ？　見せてみな」

「「はい」」

女性に促され、二人は揃って愛用のハサミと包丁類をそれぞれ差し出す。

そんな二人の姿に、巫女は少々驚いた様子で話しかけてきた。

（え、冴子さんたちってこんなに素直でしたっけ？）

（まあ普通の状態ならこんなもんだぞ？　冴子にしろ愛海にしろ、きちんと目上の人には敬意を払うしな）

（えっ⁉　私、払われてないんですけど⁉）

（いや、お前目上じゃないだろ……）

ジト目を向ける俺に、巫女はむきになって反論する。

（し、失礼な！　私はこれでもレクリアでは王族の次くらいに偉い人なんですよ⁉）

そうだったのか。

（でもその割には、街中で一度も声をかけられていなかった気がするんだが……）

（し、仕方ないじゃないですか⁉　住み込みの内勤なので、あんまり人前に出たりしないんですから⁉）

住み込みの内勤……。

（わ、分かった分かった）

真っ赤な顔で猛抗議してくる巫女を、俺がどうどうと宥めていると、女性の見立てが終わったらしい。

「なるほどね」

彼女はうんうんと頷いて言った。

「確かに見た目は綺麗だけど、細かな刃こぼれなんかが要所要所にあるね。それに、どちらもグリップに微かなひびが入ってる。食料を捌《さば》くだけなら、このまま使えないこともないけど、戦闘は少し厳しいだろうね」

凄い。

少し見ただけで、これらが戦闘に使われていたことすら見抜くとは。

やはり餅は餅屋ということだろうか。

俺が感嘆の息を漏らす中、女性は続ける。

「もっとも、このくらいの破損なら大したことはない。ちょうど今は手も空いてるし、明日の朝には出来上がってるだろうから、あとで取りにくればいいさ」

「お願いします」

「で、お代の方は――」

――ちらりっ。

「うん？」

何故彼女は俺を見ているのだろうか。

嫌な予感がしつつ、俺が小首を傾げていると、女性は視線を冴子たちに戻して言った。

「――まあ、あんたたちの男宛にしておけばいいか」

「やっぱり……」

がっくりと肩を落とす俺に、女性は当然だと言わんばかりの口調で言う。

「そりゃそうだろう？　こんな可愛い子を二人もはべらせてるんだ。だったら甲斐性《かいしょう》の一つくらい、どーんっと見せてやるのが男ってもんさね」

「ぐぬぬぬぬ……っ」

そう言われてしまうと、男の子としては、見栄を張りたくなるものである。

確かに性格に多少の難があるとはいえ、二人とも見目麗しい少女たちだ。

そんな美少女二人に想いを寄せられている以上、たとえ性格があれだったとしても、懐の深いところを見せるのが〝漢〟というもの。

――いいだろう。

ならば彼女の言うとおり、どでかい甲斐性ってもんを見せてやろうじゃねえか！

「――分かりました。なら俺も男として、多少の色をつけて払いますんで、不破《ふわ》蒼司――いや、ソウジ＝フワ宛で伝票を切ってください」

「蒼司……」「蒼ちゃん……」「蒼司さん……」

「はは、よく言ったよ！　それでこそ男ってもんだ！　じゃあこれが代金だから、さっきも言ったとおり、明朝にでも取りにくるんだね！」

びっ、とスタイリッシュに伝票と思しき紙を渡された俺は、これを見やる。

「げっ⁉」

この世界の貨幣価値はよく分からないのだが、覗《のぞ》き見《み》した巫女が潰《つぶ》れたカエルのような声を出しているあたり、それなりにいい値段が書いてあったのだろう。

何せ、名うての鍛冶師が渾身《こんしん》の仕事をしてくれるのだ。

当然の報酬と言ってもいい。

だが俺も男として、一度吐いた唾を呑《の》むつもりはない。

「確かに。じゃあ代金は受け取り時に払いますんで」

「ああ、了解だ」

ゆえに、俺は伝票をすっと内ポケットにしまいつつ、颯爽《さつそう》と鍛冶場をあとにする。

そして天を仰いで小さく一息吐いた後、俺は爽やかな顔で巫女に言った。

「――頼む。金を貸してくれ」

「…………」

当然、巫女は汚物でも見るような顔をしていたのだった。

だって仕方ないだろ。

旅費以外の個人的なお金なんて持ってないんだから。

その後、俺たちの世界のお金だとこのくらいという値を聞き、もう鍛冶場に住み込みで働くしかないとげっそりした俺だったが、そこは救世主ということもあってか、巫女が手紙で王さまに相談してくれるといい、なんとか事なきを得ることが出来そうだった。

まさかそんなにふっかけてくるとは思わなかったが、向こうの世界で言う人間国宝級の人にお仕事を頼むレベルらしいので、まあそのくらいのお値段にもなるのだろう。

ともあれ、ミクリ村に戻ってきた頃には、ちょうど日も落ちきっており、俺たちはそのまま宿の食堂で夕食をいただくことにしていた。

メニューはパンとトマトベースのような赤いスープ、そして山盛りのサラダだ。

レクリアでは、城内に宿泊していたということもあり、肉や魚など、結構豪華な料理を出してくれていたのだが、一般的な村人の食生活は、やはり質素な感じなのだろう。

もっとも、俺も一般庶民の生まれなので、別段文句などはないのだが。

むしろこういう食事の方が、落ちつくような気もするくらいだ。

「「「いただきます」」」

四人でしっかりと食前の挨拶をし、俺たちは宿屋の女将《おかみ》さんが作ってくれた夕食にありつく。

自分以外の女の料理はＮＧだった冴子も、今は妥協してくれているようだ。

「お、うめえ」

ずずず、とスープをすすると、俺の口から意図せず称賛の声が漏れる。

やはりトマトのような食材が使われていると思われ、微かな酸味とともに、煮込まれた芋類の甘みが口の中いっぱいに広がった。

うん、ミネストローネみたいで美味《おい》しい。

パンとの相性が抜群だ。

至福だぜ、とほくほく顔になりながら、俺は巫女に尋ねる。

「そういえば、ここの宿泊費ってどのくらいなんだ？」

「えっと、一泊二食付きで、お一人さま銅貨六〇枚ですね」

「銅貨六〇枚……」

確か銅貨一枚が五〇円くらいだったはずだから、カプセルホテルよりも安いな。

まあ設備がそこまでいいわけではないけど、お風呂もついてるし、ご飯も美味しいので言うことはない。

ちなみに、銀貨一枚が銅貨一〇〇枚相当で、金貨一枚が銀貨一〇〇枚相当だといい、お札のような紙幣は使われていないのだとか。

紙を刷るにも色々と手間がかかるし、金属を加工した方が、何かと手っ取り早いのだろう。

「ええ、良心的ですよね。これがレクリアなどの大きな街になると、お値段も一気に跳ね上がったりするので、お財布を預かる身としては、このくらいの方がありがたいです」

「だな。旅もどのくらいかかるか分からんし」

と言いつつ、俺は冴子と愛海によそって貰ったサラダをまとめて頬張る。

ドレッシングなどはないので、素材の味をそのまま堪能しているわけだが、採れたてらしく、食感はしゃりしゃりで新鮮味に溢れていた。

「んで、これからの予定としてはどうするんだ？　まずは残りの魔王から倒すにしても、そいつらがどこにいるかも分からないんだろ？」

もっとも、その前に俺の経験値稼ぎもしなければならないのだが。

いつまでも冴子たちに頼るわけにもいかないからな。

モンスターとの戦闘以外にも、自主的に筋トレとか素振りなんかもやっておこうと思う。

「はい。なので、まずは多くの人が集まる場所で、情報収集をするのがいいと思います。ここから街道沿いに森林地帯を進みますと、結構大きな港町がありますので、とりあえずはそこを目指そうかなと」

「なるほど。港なら他の国の人たちも来るし、色々と情報も集めやすいもんな」

「ええ、仰るとおりです」

「まあそこら辺は任せるよ。俺たちはこっちの地理に詳しくないし。二人もそれでいいだろ？」

そう問うと、冴子と愛海は揃って頷いた。

「ええ、もちろん。あなたが一緒なら、私はどこへだってついていくわ」

「うん。わたしも蒼ちゃんがいるのなら、どこに行っても構わない」

「そ、そうか。じゃあまあ……うん。気をつけて行こうな」

「ええ」「うん」

相変わらず二人の一言一言に、言い知れぬ重さを感じる俺だが、それはいつものことなので、気にしないようにしようと思います。

「ならあれだ。明日に疲れを残さないためにも、今日は飯を腹いっぱい食って、ゆっくりと休もう」

「そうね」「分かった」「はいです」

全員が頷いたことを確認した俺は、宿屋の女将さんに、もう一杯スープのおかわりを注文したのだった。

そうして明るい雰囲気のまま夕食を終えた俺たちだったが——現在、俺はとてもよろしくない状況に置かれていた。

というのも、

『——ほら、早く来なさいな』

とある扉の向こうから、熱烈にお呼ばれされていたからだ。

客室？

いや、違う。

『——蒼ちゃん、早く来ないと身体が冷える。一緒に温まろう？』

そう、風呂である。

俺は浴室の扉の前で、これどうすんのと固まっていたのだ。

恐らく城の中では人も大勢いたので、俺だけと一緒に入浴することが難しかったのだろう。

しかし今はそれらも全ていなくなり、彼女らも色々なたがが外れているというわけだ。

単に行かなければそれでいいだけの話ではある。

だが！

行かなかったらその後がやばい！

具体的に言うと、明日の朝、受付のおっさんに「昨日はお楽しみでしたね？」とか言われるくらいやばい！

一年後には可愛い二児の父親コースであろう。

何がとは言わんが、二人とも激しそうだからな。

あっという間だと思う。

まあ問題は、そこまで俺の身体が持つかどうかなんだけど——と、それはさておき。

それにしても、と俺は考える。

てっきりいつものように浴室で乱闘が起こるのではないかと思っていたのだが、何故か二人とも大人しく、しかも一緒に入浴しているというこの異様さである。

まさか和解したとでも言うのだろうか。

いやいや、あの二人に限ってそんなことがあろうはずがない。

愛海はまだしも、近所のババアですら、その存在を俺の記憶から抹消させようとする冴子が、自ら他の女子に歩み寄るなど、あり得るはずがないではないか。

でも気にはなるし、そこら辺の確認も含めて、ここは覚悟を決めるしかあるまい。

「——よし」

俺は内心そう決意し、浴室の扉に手をかける。

が。

「——ふふ、いらっしゃい♪」

「…………」

——ぱたんっ。

え、なんで二人ともタオルを巻いたりしてないの？

なんか色々と見えてはいけないものが見えた気が……。

いや、落ち着くんだ、不破蒼司。

同年代の女の子とお風呂に入るという事実が衝撃的すぎて、感情だけが先走ってしまったのだろう。

言わば、あれは俺の願望なのだ。

こうあって欲しいという強い思いが、無意識のうちに虚像となって現れたに違いない。

まさにセルフ幻術！

ならば恐るるに足らず！

「行くぞ！」

再度意を決し、俺は勇敢にも扉を開けたのだが、

「――もう、蒼司ったらうぶなんだから」

――たゆゆんっ。

「――でもそんな蒼ちゃんも可愛い……」

――ぷるるんっ。

「〜〜っ!?」

うん、普通に現実でした。

圧倒的な視界情報によって脳をショートさせられた俺は、情けなくも、鼻血を噴き出して気を失ってしまったのだった。

それから、どのくらいの時間が経ったのかは分からない。

ふいに意識を取り戻した俺の視界に入ったのは、どこかで見たことがあるような天井だった。

室内は薄暗かったものの、それが客室の天井だとすぐに分かった俺は、自分がベッドか何かの上に寝かされていることに気づく。

なんと情けない話だろうか。

あれだけ覚悟を決めて行ったにもかかわらず、俺は鼻血を噴いて倒れた挙げ句、ここまで運ばれてしまったというわけだ。

運んでくれたのは、宿屋の主人か、それとも冴子たちか——。

どちらにせよ、明日の朝にでもきちんとお礼を言っておこうと思う。

「はあ～……」

自己嫌悪から、大きく嘆息する俺だったが、

「……うん？」

そこでふとあることに気がつく。

身体の両側が、妙に温かいのだ。

一瞬毛布か何かの温かさかと思ったものの、肌触りが完全に別物の上、

——むにゅりっ。

柔らかい、のである。

「…………」

嫌な予感が脳内を全力疾走する中、俺は恐る恐るその正体を確認するため、視線を下にずらし、

「――う～ん……蒼司ぃ～……」

「――蒼ちゃん……すー……」

昨日同様、添い寝をしている冴子たちの姿を確認した。

もちろんそれだけならば、まあ仕方ないと諦めもついたのだが、

「え、いや、えぇ……」

何故か俺も含め――全員〝裸〟なのである。

掛け布団からはみ出た肩口、そして俺の腕をしっかりと挟み込んでいる胸元など、明ら

かに衣類を身につけていないようなのだ。

それを裏づけるかのように、彼女らは揃って俺の太ももに足を絡めてきており、なんと言うか、その……毛髪系の感触が……。

い、いかんいかん、落ち着け、俺。

いや、むしろリトルな方の俺よ、落ち着くのだ。

たとえ今がビッグになる時期であろうとも、お前はリトルであらねばならんのだ。

どうかそれを忘れな……あ、無理だー……。

すっかり戦闘態勢になったやつの存在を気取られぬよう、俺は細心の注意を払ってポジショニングに力を注ぐ。

とはいえ、今は二人とも就寝中ゆえ、気づかれる心配はないと思うのだが、万が一にもリトル……いや、ビッグの存在を知られた場合、彼女らは俺がやる気になったと必ず思い込むことだろう。

そうなったら最後――別の意味で激しい戦いが始まってしまう。

なので、念には念を入れておかなければなるまい。

というわけで、俺はこの一般的に見るとハッピー極まりない時間を楽しむことも出来ず、悟りを開いた御仏《みほとけ》のような顔で、三千世界の果てまで意識を飛ばそうとするのであった。

翌朝。

「昨日はお楽しみでしたね？」

「おう、今度はお前も一緒な？」

「ひっ⁉」

顔を洗いに行った先の井戸で、巫女と偶然出会った俺は、開口一番、彼女からそんなことを言われる。

本当にご招待してやりたいくらいのレベルだが、招待すると、割とマジで巫女が死にそうなので、不本意だが見逃してやるしかあるまい。

「お、冷てえっ⁉」

「ふふ、気持ちいいですよね」

井戸の底から冷涼な水を汲《く》み上《あ》げた俺たちは、揃ってばちゃばちゃと顔を洗う。

ちなみに、冴子と愛海は何やら二人で話があるとかで、今は揃って客室だ。

思い返すと、昨夜は浴室内のみならず、寝ている時も争っていなかったのだが、やはり和解でもしたのだろうか。

る。

「?」

不思議そうに小首を傾げている巫女に、俺は二人の様子がなんだかおかしいことを告げ
「お二人のご様子がおかしいって……。最初からおかしかった気が……」

なんて失礼な。

「いや、まあそうなんだけどさ……って、そうじゃなくて。昨日から妙に仲がいいんだ
よ。だって殺し合いをしてないんだぜ?」

「あの、普通は仲が悪くても殺し合いをしないんですけど……」

「…………」

そうでした。

ここ最近、やたらと衝撃的なことが多すぎて、だいぶ感覚がやられていたらしい。

「と、とにかくあれだ。なんか変なんだって」

「うーん、そう言われましても……。あ、あれじゃないですかね? 同じ殿方に想いを寄
せる者同士、正々堂々勝負をしようと――」

「――いや、それはない」

「まさかな……」

迷わず断言する俺だが、巫女もそれは同じ考えだったらしく、

「ですよね……」

と、頷いていた。

「だろ？　仮にも俺がどちらかを選んだ場合、絶対相手を殺ると思うぞ？」

「殺るでしょうね……」

「そんな彼女たちが、今まで邪魔者を排除しようと全力で殺しにかかっていた彼女たちが、殺し合わずに共闘しているかのような空気を醸し出しているんだ。普通におかしいと思わないか？」

「……確かに。今もお二人で何やらお話をされているようですし、もしかしたら何かあったのかもしれませんね」

神妙な顔で考える巫女に、俺も同意する。

「たぶんな。ただそれを俺が直接聞くってのもなぁ」

ちらり、と含みありげに巫女を見やると、彼女は早くも俺の意を察したらしく、首をぶんぶん横に振って言った。

「いや、無理です無理です⁉　私に聞けるわけないじゃないですか⁉」

「まあまあ、そう言わずにさ。ほら、ガールズトーク的なやつでささっと」

「聞ける相手だと思います⁉」

「いや〜……」

自分で言っておいて顔を顰《しか》めた俺に、巫女はいきり立って抗議してくる。

「だったら言わないでくださいよ⁉　というか、私じゃなくて蒼司さんが頑張ればいいじゃないですか⁉　あなたのお連れさまでしょう⁉」

そんな巫女の肩にぽんっと手を置きつつ、俺は真顔で諭すように言った。

「いいか、巫女。世の中にはな、どれだけ頑張ろうがどうにもならんことがあるんだ」

「なんですか、その〝だから君が頑張ってね〟的な物言いは⁉」

「いや、だってさー」

「だってもクソもありませんよ⁉　とにかく！　私はお断りですからね！」

「えー、ケチぃー」

「ケチで結構です！」

ぷんぷん！　と頬を膨らませる巫女とともに、朝っぱらから騒々しい俺たちだった。

◇

話は少し前に遡る。

ミクリ村に到着した夜のことだ。

冴子と愛海は一足先に浴室へと向かい、蒼司が来るのを今か今かと待ち侘《わ》びていた。

だが彼女たちが蒼司よりも先にここへと赴いたのには、もう一つ別の理由があった。

奥手な蒼司のことである。

どうせここに来るまでには、まだ時間がかかるであろう。

ならばその時間を用いて、二人でしか話せない話題をしようと互いに考えていたのだ。


「――で、あなたも気づいたのでしょう?」

湯船に足を浸しつつ問いかけた冴子に、愛海も頷いて言った。

「ええ。だからこそ、あなたもわたしとここに来る気になったのでは?」

「そうね。癪《しゃく》だけれど、そうするしかないもの。あなたもそうなのでしょう?」

「まあ、そういうことになる。でも正直、あなたの力を借りたくはない」

「あら、随分な言われようね。私はまだ力を貸すなんて、一言も言ってはいないのだけれど?」

余裕を見せつつも、鋭く睥睨《へいげい》する冴子に何を思ったのか、愛海も淡々とこう反論してきた。

「それで困るのはあなたも同じなのでは？」

「ええ、そうよ。だからあなたは私に協力しなければならない——でしょう？」

「それは違う。あなたがわたしに協力する、の間違い」

「あらあら」

互いに視線を交わし合った後、冴子は肩を竦《すく》めながら言った。

「まあ、そのあたりの議論については不毛だし、正直、どうでもいいわ。今重要なのは、私たちが一時でも手を組まないと、私たち以外の女に蒼司をとられる可能性が高いということ」

「それは絶対にダメ……っ」

ぎりっと唇を噛《か》み締《し》める愛海だが、それは冴子も同じだった。

愛海ならばいいというわけではないが、愛する蒼司を、どこの馬の骨ともしれぬ女にとられるなど、到底許せるはずもなかったからだ。

だから超絶的に気は進まなかったものの、背に腹は代えられず、冴子は頷いて言った。

「結構。なら今から私たちは協力関係よ。少なくとも、目先の問題が解決するまではね」

「分かった。それで蒼ちゃんの側《そば》に居られるなら、わたしはあなたと協力する」

ただ、と愛海は釘《くぎ》を刺すように言う。

「協力はするけど、あなたと馴れ合うつもりはない」

「それは私も同じよ。せいぜいこの問題を解決している間に、蒼司のことを諦めておくことね」

「その言葉はそっくりそのままお返しする。蒼ちゃんは誰にも渡さない」

「同感ね。だって蒼司は私の男だもの」

「――」

「――」

ぴりぴりムードが浴室内に充満する中、冴子はそれでと話を続ける。

というのも、

「――あなたには心当たりがあるのかしら？　この〝不快感〟の正体について」

そう、彼女たちは本能的に感じていたのだ。

自分たちと同じく蒼司を愛する者の存在が、この先のどこかで待ち構えているであろうということを。

そしてその者の力が、自分たちよりも上であるということを。

ゆえに、彼女たちは悟ったのだ。

——一人で敵わぬのであれば、二人でかかればいい、と。

そうして〝それ〟を排除した後は、実力の拮抗した二人だけが残る。

幾度かの衝突で相手の力量も分かってきたし、次は必ず仕留められるはずだ。

ならば今はしばし感情を押し殺し、この先で待っているであろう第三者を葬ることに、全力を注ぐべきだ、と二人は揃って考えたのだ。

「ない、と言えば嘘《うそ》になる。けれど、まだ確証が持てていないのも事実。ただわたしの知る〝彼女〟なら、きっと今のこの状況を放ってはおかないと思う」

「なるほど。また厄介なのが現れそうね」

「ええ。あなたのような人が増えると考えただけで頭痛がする」

「あら、時系列的に言えば、増えたのはあなたの方じゃなくて？」

「何を言っているの？　わたしは蒼ちゃんが三つの時からずっと側にいる。増えたのはあなたの方」

「へえ、その割には彼女にすらなれなかったようだけれど？」

鼻で笑うように冴子が言うと、

——ぎろりっ。

「少し耳障り。あなたはもう少し口数を減らした方がいい」

愛海はハイライトの消えた視線で彼女に殺意を向け、

――じろりっ。

「あら、早くも共闘解消？　私は別に構わないわよ。それならそれで何か他の手を考えるだけだし」

冴子も両目をかっと見開き、真っ向から迎え討つように睨《にら》みを利かせる。

「「…………」」

二人の視線が峻烈《しゅんれつ》に交差すること数秒。

「「――ぷっ」」

二人は同時に吹き出し、浴室内に笑い声が響き渡った。

ひとしきり笑った後、冴子はにたりとあくどい笑みを浮かべて手を差し出した。

「改めてよろしくね、三葉《みつは》さん。全部終わったら、真っ先に殺してあげるから」

「こちらこそよろしく、敷島《しきしま》さん。蒼ちゃんはわたしが幸せにするから、あなたは安心して向こうの世界に帰るといい」

ぎちぎちと骨が軋《きし》む音を響かせながら、二人は固く握手を交わしたのだった。

四章　第三勢力、ヤンデレ義姉

翌朝。

宿で軽めの朝食をいただいた俺たちは、今日も一日頑張るぞいとばかりにミクリ村を出発し、昨日ハサミと包丁を預けておいた鍛冶師のところを経由しつつ、本来の旅路へと戻っていた。

さすがに高額な代金を請求されただけあって、その仕事ぶりは冴子《さえこ》たちにとっても満足のいくものだったらしく、是非またお手入れをお願いしたいと揃《そろ》って口にしていたのだが、個人的には、別のお財布に優しい鍛冶師さんを見つけてくれるとありがたいと思う。

ともあれ、結局、あれから冴子たちが仲良くなった原因は分からずじまいだったが、まあ争わないに越したことはないので、しばらくは様子見といったところだろう。

と、それはさておき。


「「――ふふ♪」」

あの、歩きづらいんですけど……。

何故《なぜ》か朝から二人が俺と腕をそれぞれ組んできて、俺は両手に花状態であった。

昨日、レクリアからミクリ村に向かうまでの道のりでは、俺の側《そば》にいることはあっても、こうして腕をがっつり絡めてくることはなかった。

にもかかわらず、今の彼女らは、それぞれ甘えるように腕を組んできて、やはり争うこともしないのである。

もしかして——二人とも普通の女の子になってしまったのだろうか？

いや、〝しまった〟という言い方はおかしいか。

むしろ普通でいて欲しいくらいだし、この変化は嬉《うれ》しい限りなのだが、どうにも慣れないというのが正直なところである。

これには巫女《みこ》も戸惑いを隠せないようで、俺たちは互いに小首を傾げていた。

と、そんな時だ。

「——ブモーッ！」

イノシシ型モンスター——〝ギガインフィニットウリボー〟とエンカウントする。

相変わらず初期の村近くなのに、やたらと強そうな名前だとか、〝うり坊〟ってイノシシの子どものことじゃなかったっけとか、様々な疑問が俺の脳内を駆け巡るも、とりあえず今は目先のことに集中せねばなるまい。

とはいえ、この状況だ。

いつもなら女子たちが邪魔をするなと睨《にら》みの一つでも利かせるところなのだが、

「「──きゃあっ」」

なんと二人は揃って悲鳴を上げ、俺の後ろに身を隠し始めたではないか。

唖然《あぜん》とする俺に、二人は頬《ほお》を桜色に染めながら言った。

「怖いわ、蒼司《そうじ》。私を守ってちょうだい」

「怖い、蒼ちゃん。震えが止まらない」

「「…………」」

う、嘘《うそ》くせえ……。

揃って顔を引《ひ》き攣《つ》らせる俺と巫女だが、どうやら冴子たちに戦う気はまったくないようなので、仕方なくも俺はイアハートを抜く。

するとどうだ。

「――ブモッ⁉」

ギガウリボー（長いので勝手に省略）が後ずさり始めたではないか。

まさか今までの戦いでレベルの上がりつつある俺に、恐れを成したとでも言うのだろうか。

要はあれだ。

ゲームとかのエンカウントで、レベル差から、敵が勝手に逃げていくような感じと言えば分かりやすいと思う。

しかし敵が怖《お》じ気《け》づくほど経験を積んだ記憶はないのだが……。

なんでだろ？

と、俺が妙に釈然としないでいると、

――ごごごごごっ！

「うん？」

ふいに背後からもの凄い〝圧〟が飛んできていることに気づき、恐る恐る背後を見やる。

「ひえっ⁉」

「「――――」」

俺の想像通り、そこにはこいつに何かしたら分かってんだろうな感ばりばりの形相で、ギガウリボーにメンチを切っている冴子たちの姿があった。

そりゃ逃げたくもなるわ。

「ブモモ～⁉」

ついに耐えきれなくなったと思われ、ギガウリボーは一目散におけつをぷりぷりさせながら去っていった。

と。

「さすがよ、蒼司。助けてくれてありがとう。お礼にキスしてあげるわ」

――ちゅっ。

「蒼ちゃん、凄い。うん、感謝の気持ちはきちんと表さないといけないから……」

――ちゅっ。

「お、おう」

何がさすがなのかはよく分からなかったのだが、断るとそれはそれで面倒臭そうなので、されるがまま、両頬に感謝のキスを受けた俺だった。

余談だが、二人の唇はとても柔らかかったです。


それからしばし歩き、数度戦闘（睨んで退散）を挟みつつ、俺たちはそろそろ昼食でも摂ろうかと考え、道の脇に鎮座していた大樹の近くに敷物を敷き、全員でその上に腰を下ろす。

「さてと」

宿屋の女将《おかみ》さんに貰《もら》ったパンでも食べようかと思っていた俺だったが、

「――ちょっと待って、蒼司」

「うん？　どうした？」

ふと冴子に呼ばれ、食料の入った革袋を漁る手を止める。

すると、冴子のみならず、愛海《まなみ》も何やらお弁当箱のようなものを用意し始め、敷物の上に広げていった。

「おお！」

なんの食材が使われているのかはよく分からないものの、二人の用意したお弁当は、色みも鮮やかで、見ているだけでよだれがこぼれ落ちそうになる出来だった。

「え、お二人で用意されたんですか⁉」

「ええ、もちろん」「うん、そう」

巫女がぎょっと目を見開くが、その気持ちは俺にも分からなくはなかった。

何せ、〝他の女の料理を食べたら吐かせる〟とまで言っていたあの冴子が、宿敵の愛海と協力してお弁当を拵《こしら》えたなど、天地がひっくり返ったとしてもあり得ないと思われていたからだ。

愛海も愛海で、少なからず冴子に敵意を向けていたわけだし、一体どういう風の吹き回しなのか。

仲がいいのは素晴らしいことなのだが、なんとも言えない不安を感じる。

「「…………」」

俺と巫女が互いに眉根を寄せる中、冴子はおかずを一品箸で摑《つか》み、俺の方へと差し出してきた。

「はい、蒼司。これは私が作ったの。お口に合うかどうかは分からないのだけれど」

「あ、うん。じゃあ……」

ぱくり、と俺は冴子に肉団子らしき料理を食べさせて貰う。

うん、美味い。

欲を言うと、もう少し味つけを濃くしてもいいかもしれない。

「はい、蒼ちゃん。これはわたしが煮つけてみたの。どうぞ」

「おう、ありがとな」

あーん、と今度は愛海に大根のような野菜の煮物を食べさせて貰う。

うんうん、これも美味い。

愛海は昔からこういう和食系の料理が上手いと思っていたが、やはりこちらの世界でも、それが遺憾なく発揮されているようだ。

「いっぱい用意したし、あなたも食べてちょうだいな」

「は、はい。じゃあいただきますね」

礼儀正しく手を合わせ、巫女はフォークで卵焼き的なものを口に運ぶ。

「あ、美味《おい》しい……」

どうやら巫女の口に合った味つけのようで、彼女は驚いたように目を丸くしていた。

「それはよかった。その料理はわたしが作ったものだったから。よかったら蒼ちゃんも食べて欲しい」

「ああ、そうだな。なら一口貰えるか？」

「うん、食べて。あーん」

「あー……んぐんぐ」

「どう？」

「んぐんぐ」

俺は咀嚼《そしゃく》しながら頷《うなず》き、指でＯＫマークを作る。

「よかった……。蒼ちゃんが喜んでくれてわたしも嬉しい……」

それを見た愛海は、言葉通り、とても嬉しそうに微笑んでいた。

と。


「――くっ……。蒼司、こっちも美味しいわよ！」

どこかむっとしつつ、冴子が唐揚げ的な料理を差し出してくる。

ごくり、と咀嚼していたものを呑《の》み込《こ》み、俺は頷いて言う。

「お、おう。じゃあそれも一つ……んぐんぐ」

「ええ、たくさん食べてちょうだい。ついでにこっちもおすすめよ」

――ずいっ。

「――んぐっ⁉」

ちょ、ちょっと待って⁉

まだお口の中に前の料理が……っ⁉

だがそんなことは冴子には関係なかったらしく、彼女はどんどん別の料理を差し出してくる。

「ほら、これも私が作ったのよ？」

——ずむっ。

「〜〜っ⁉」

「どう？　美味しい？　美味しいわよね？」

まるでハムスターのように頬をぱんぱんにさせながら、俺は巫女に視線だけで助けを求める。

（ちょ、なんとかしてくれ、巫女⁉　このままじゃ窒息する⁉）

が。

（——あ、ごめんなさい。今ちょっと忙しいので）

（な、何ーっ⁉）

巫女はまったく申し訳なさを感じさせない物言いで、ぱくぱくと手を動かし続けていた。

おのれ、巫女め！

俺の命より飯の方が大事だとでも言うのか⁉

「――はあ～、どれも美味しいですぅ～♪」

「…………」

うん、大事っぽいね。

そんな嬉しそうな顔をされたら、もうどうしようもないわ。

相変わらず口内を押し込められた料理類でぱんぱんにしながら、俺はそんなことを思う。

すると、愛海がちらりと冴子を一瞥《いちべつ》しつつ、微笑みを浮かべて言った。

「そう言ってくれると嬉しい。わたし、昔から料理は得意だったから」

確かに愛海の料理は、味つけにしろ盛りつけ方にしろ、冴子よりもレベルが上だ。

別段冴子の料理が不味《まず》いというわけではないのだが、愛海と比べると、どうしても見劣りしてしまう。

病んでさえいなければ、家庭的ないいお嫁さんになれただろうに。

そう、病んでさえいなければ！

まったく惜しい限りである。

「……っ」

〝料理〟という限定分野ではあるものの、この世界に来て以降、初めて戦力の差を見せつけられてしまった冴子は、口惜しそうに唇を噛《か》み締《し》めていたのだが、彼女にしては珍しく、やれやれと肩を竦《すく》めてこう言った。

「――残念だけれど、認めるしかないようね。確かにあなたの料理は私より美味しいわ」

「「――っ⁉」」

これに驚いたのは、他でもない俺と巫女だった。

あの負けず嫌いの冴子が、しかも愛海に対して、素直に負けを認めているのだ。

もうここまで来ると、何か裏があるとしか考えられない。

というより、確実に裏があるだろう。

だがそれを問うべきか否か――。

俺たちの世界には、『知らぬが仏』という古人のありがたい格言がある。

文字通り、〝知らない方が幸せなこともある〟という意味だが、今回のことは果たしてどちらなのか。

理由を知ってげんなりするくらいなら、知らないままの方がいいに決まっている。

でも今のこの状況は、はっきり言って不気味だ。

何故このようなことになっているのか、その理由を知りたい気持ちもある。

きっと間違ってはいるのだろう。

でもやっぱり冴子と愛海は、血走った眼で睨み合いをしている方が、彼女たちらしいと思うのだ。

（というわけで、ちょっと聞いてみてくれないか？）

（いや、自分で聞いてくださいよ⁉）


結局、彼女たちに事情を聞くことが出来ないまま、なんやかんやで昼食の時間が終わってしまった。

仕方がないので、きちんとゴミを残さないよう後片付けをし、俺たちは再び歩き始めたのだが、その間も、俺の頭の中には、件《くだん》の疑問がもやもやと残っており、どうにも上の空であった。

だったら聞けよという感じではあるものの、それが出来れば苦労はせず……。

何か自然に聞ける方法はないものかと頭を悩ませていると、

「「「！」」」

ふと俺たちの眼前に、なんとも不可思議な代物が姿を現した。

『蒼くん一行大歓迎♪　蟲魔王《ちゅうまおう》のお城はこちら←』

何故か俺たちの進行方向――その道のど真ん中に、木製の立て看板がどーんっと立てられていたのだ。

「「「…………」」」

――立て看板である。

しかもわざわざ日本語で。

確かに言葉の壁はなんらかの力によって解消されているのだが、それはあくまで聞いたり話したりする場合だけであって、文字にまでは適用されていない。

つまりこの文字を読めるのは、巫女を除いた俺たち三人だけであり、またこれを書いたのも、恐らくは俺たち同様、異世界から召喚された者であろう。

というか、この状況で〝蒼くん〟と書かれている以上、ほぼ間違いなく俺に縁のある人物だと思われる。

だが俺の知る限り、俺を〝蒼くん〟と呼ぶのは一人しかいないのだが、まさかな……。

これにはさすがの女子たちも思うところがあったらしく、冴子と愛海は論外だとばかりに揃ってこう言った。

「——罠《わな》ね」

「——ええ、これは罠」

どうやら行く気はゼロのようだ。

まあこれだけあからさまにお誘いを受けているわけだし、彼女たちがそう思いたくなるのも分からなくはないのだが、しかし俺には一つ気がかりなことがあった。

「なあ、この〝蟲魔王〟ってのは、例の六大魔王の一人なのか？　まあ今は五人になってるけどさ」

そう、立て看板に書いてあった、〝蟲魔王〟の文字である。

もし本当にこの先に魔王の城があるのならば、俺たちにとっては避けて通れない道だからだ。

俺の問いに、巫女は複雑そうな顔で頷いた。

「確かに六大魔王の中には、全ての魔蟲を統《す》べる魔王——〝蟲魔王〟が存在します。しかし私たちの知り得た情報では、蟲魔王の居城の場所までは分かっていません。ですので、この看板に書かれていることが真実かどうかまでは……」

「なるほど。誰も知らないんじゃ分からないよな」

「はい……」

「ただ──」

ちらり、と矢印の方向を見やった俺の視線が捉えたのは、ご丁寧に等間隔で立てられた立て看板の列だった。

しかも。

『足下に気をつけてね♪』

『疲れたらきちんと休むこと！』

『あとちゅーはほっぺまで！』

見渡しただけでも、これだけのメッセージが矢印とともに載せられており、いよいよ俺の予想が現実のものとなり始める。

が。

「やっぱり罠以外の何ものでもないわね」

「うん。無視するのが一番だと思う」

「いやいや……」

冴子たちは頑なに矢印の方向へ行こうとはせず、最初の立て看板をスルーして先に進もうとする。

が。

――ずんっ！

「「「――っ⁉」」」

突如上空から何かが飛来し、冴子たちの行く手を遮ったではないか。
何事かと全員が瞳を瞬《しばた》かせていると、砂煙が晴れ、

『来なかったら蒼くん以外の無事は保証しません』

「ひいっ⁉　なんで私まで⁉」

今し方立てられた新たな立て看板（巫女用か、この世界の言語訳つき）が、そのおどろおどろしいお姿をお披露目した。
一体誰が犠牲になったのか。
それはそれは鮮やかな血文字の看板であった。

「くっ……」

「やはり一筋縄ではいかないみたい……」

珍しく気圧されているらしい冴子たちだが、それよりも問題はこの子である。

「ど、どうして私まで入ってるんですかぁ～⁉」

「と、とりあえず落ち着け⁉　女の子がそんな簡単に抱きついてきたらダメだって⁉」

「ふえぇ～⁉」

冴子たちの前だというのに、俺の腰元に泣きついてきた巫女を、俺はなんとか宥《なだ》めようとする。

しかし巫女は恐怖からか、なかなか泣き止む気配を見せない上、

「私、死にたくないですぅ～⁉」

――ぐりぐりぐりぐり。

「お、おい、ちょっと待て⁉　そこをぐりぐりするのはやめろ⁉」

頭がいい感じによろしくない位置に当たっており、断続的な刺激がもう一人の俺を襲う。

そうなると、もう彼女を泣き止ませる方法は一つしかなく、

「――わ、分かった！　蟲魔王の城に行くから！　だからもう泣くなって！」

俺は立て看板のお誘いを受けることを決めたのだった。

「うぅ、私、死なないです……？」

「お、おう。お前は死なないから大丈夫だ。ほれ、よしよ〜し」

ムツゴロウスキンシップで頭を撫《な》でてやると、巫女も安心したようで、

「はぅ、よかったですぅ〜……」

洟《はな》をすすりつつも、泣き止んでくれたようだった。

これにやれやれと肩を落とす俺だったが、

「――何が大丈夫なのかしら？」「――何が大丈夫なの？」

「ひっ⁉」

すっかり蚊帳の外だった冴子たちにそう睨まれ、巫女とともに顔色を青くさせたのだった。

あまり気は進まなかったが、行かないと俺以外の女子たちが本当に亡き者にされそうだったので、仕方なく俺たちは立て看板の指示に従うことにした。

人の往来がある大通りを外れ、指示通り鬱蒼《うっそう》とした森の中へと入っていく。

もちろん人が通らない以上、そこにあるのはせいぜいが獣道くらいで、どこも手つかずの自然ゆえ、足場もすこぶる悪かった。

「うーん、ここから先は荷馬車が進めなさそうだな……」

俺の見上げた先にあったのは、腐って倒れたであろう大樹の残骸だったのだが、立て看板の指示は、さらにこの先に行くよう促しており、どう考えても荷馬車が通れるような感じではなかった。

「どうしましょう？　ひとまずここに停めておいて、帰りに取りに戻るとか？」

巫女の提案に、俺も頷く。

「そうだな。それがいいと思う。さすがにここまで入って盗むようなやつもいないと思うし」

「そうね。というか、ご丁寧に書いてあるわよ？」

「「えっ？」」

冴子に指摘され、巫女と一緒に彼女の指先を追うと、

『お馬さんはここに置いといて大丈夫！　責任を持ってお預かりします！』

言う。

俺たちが困惑する中、愛海が荷台の荷物類から、最低限必要そうな物資を取り出しつつ
何この行き届いたサービス……。

「「…………」」

「どうやらこの看板の主は、よほど蒼ちゃんに来て欲しいみたい」

「でしょうね。個人的には会わせたくないのだけれど、それだと色々と不都合が生じてしまいそうだし、癪《しゃく》でも今は我慢することにしましょう」

まったく、と冴子が嘆息する。

あの冴子と愛海でさえ、看板の主の放つ無言の威圧感に、今は迂闊《うかつ》に動くことが出来ていないのだ。

この先に待っているであろう何者かが、どれほど強大な存在か、容易に想像がつくだろう。

その何者かに、俺はがっつりご指名を受けているわけだが、冴子たちを怯《ひる》ませるほどの力を持つ者など、正直、俺の記憶の中には存在していない。

というより、俺はこちらの世界に喚《よ》ばれるまで、そういう戦闘行為というものを、間近で見た経験がなかったからだ。

そりゃ小さい頃は、無邪気ゆえに力の制御が出来ず、ぽかぽかと友だち同士で傷つけ合

うこともあっただろう。

だが物心がついてからは、喧嘩《けんか》らしい喧嘩に遭遇したこともなければ、いわゆる不良生徒が誰かをいじめている現場に遭遇したこともないし、街中で誰かが絡まれているところに出くわしたこともない。

本当に、平和極まりない日々を過ごし続けてきたのだ。

だからこそ、未だに実感が湧いておらず、看板の人物が、俺の想像とは違う人なのではないかと疑っていたりもする。

ただ、それでも拭えないこの胸さわぎは、一体なんなのだろうか。

「まあここまで来たら、もう進むしかないんだけどさ」

「？」

嘆息しつつ、そう気持ちを吐露した俺に、巫女が不思議そうな顔をする。

「いや、なんでもない。馬も繋《つな》いだし、先を急ごうぜ」

しかし俺はかぶりを振り、巫女に気にしないよう告げ、再び歩き始める。

「ちょ、ちょっと待ってくださいよ〜⁉」

慌てて巫女もあとをついてきて、俺たちはさらに森の奥へと進んでいく。

そうして方角すらも分からないような森林地帯を、とにかく看板の案内通りに進むこと小一時間ほど。

「おっ？」

俺たちの眼前に、突如ぽかりと大口を開けた洞窟が、その姿を現したではないか。

『ここでーす♪』

と、立て看板も中に入るよう指示していたので、恐らくはここが蟲魔王の城へと続く入り口なのであろう。

なるほど、確かに何かしらの案内がなければ辿《たど》り着《つ》けないような場所だと思う。

まあ俺たちは何者かの、『注意！　ここに罠あるからね！』という親切なご案内などなどのおかげで、すんなりとここまで辿り着くことが出来たのだが。

「へえ、例の第三勢力とやらは、随分と陰湿な場所に城を構えているのね」

第三勢力？

「確かに。もっとも、この先にいるのが、本当にわたしの想像するあの人なら、それも頷ける話ではあると思う」

洞窟の入り口を見上げながら言う愛海に、冴子は小首を傾げて問う。

「それはどういう意味かしら？」

「〝彼女〟はわたしと同じく、蒼ちゃんのためならなんでもしてあげられるような人。なので、蒼ちゃんが救世主として旅立ちやすくなるよう、レクリアから一番近い場所にある、この魔王のお城を、あらかじめ入手しておいたんだと思う」

そう淡々と説明する愛海だが、

「え、魔王のお城って、そんな簡単に手に入れられるものなんですか？」

「それは俺が聞きてぇよ」

俺たちにとっては、その〝彼女〟とやらの行動が非常識すぎて、まったく話についていけなかった。

そんな感じで揃って引く俺たちだが、しかしと俺は考えを巡らせる。

俺のためならなんでもしてあげられるような、俺を〝蒼くん〟と呼ぶ女性、か。

もう〝あの人〟しか思いつかないのだが、やっぱりそうなのだろうか。

いや、彼女ならそれも頷けそうな気がするし、恐らくはそうなのであろう。

冴子のような、いわゆる攻撃型の病んでるタイプではないので、実感が薄いのだが、思い返すと、彼女もまた愛海のように、どこか普通の人らしからぬ執着心的なものがあった気がする。

だからこそ、愛海同様、冴子のことはまだ伝えていなかったのだから。

と。

「――ようこそ、蟲魔王城へ」

「「「「！」」」」

ふいに何者かに声をかけられ、俺たちは警戒態勢をとる。

洞窟上の岩に悠然と佇《たたず》む人型のそれは、驚いたことに人間ではなく、人型の魔物であった。

というより、

「……え、バッタ男？」

そう、緑のボディに真っ赤なおめめと、どこからどう見ても特撮ヒーロー的なあれにしか見えなかったのだ。

「誰がバッタ男だ！　私の名はブラックホッパー！　冥王さまにお仕えする六大魔王が一人――〝蟲魔王〟ブラックホッパーだ！」

いや、名前もほとんど特撮ヒーローじゃねえか。

と、内心突っ込みを入れる俺だったが、ここでまさかの事実が発覚してしまった。

「――な、何故蟲魔王がここに⁉」

そうなのである。

巫女の指摘通り、このいかにも噛ませ犬感漂う特撮ヒーロー然とした魔物こそが、俺たちの倒すべき魔王の一角――〝蟲魔王〟だったのだ。

何故玉座にいるはずの魔王がこんなところにいるのか。

巫女はそれが不思議でならなかったのだろう。

「クックックッ、いい質問だ。――とうっ！」

その理由に関しては、無駄にアクロバティックなジャンプで、地上へと降り立ったブラックホッパー自身が語ってくれた。

「それは――この私が案内役としてご指名を受けたからだ！」

どーんっ！　と効果音でも鳴りそうな勢いで説明してくれたわけだが、それって要はパシリにされただけなんじゃ……。

唖然とする俺たちを差し置き、ブラックホッパーは続ける。

「というわけで、救世主ご一行とお見受けするが、間違いはないかね？」

「あ、ああ、一応な。俺は不破《ふわ》蒼司。んで、こっちが――」

「――妻の冴子よ」「――妻の愛海」

俺の言葉を遮り、冴子たちが同時に意味の分からないことを言う。

「あ、私は普通の巫女です－」

が、もちろん巫女は巫女で完全にノータッチのようで、差し障りのない自己紹介に収まっていた。

「おや？　私の聞いた話では、そこの女子たちはただのお友だちだということだが――」と。

「――誰に聞いたのかしら？」「――誰に聞いたの？」

――ぎろりっ。

目力強めにそれぞれの得物を握る二人に、ブラックホッパーも地雷を踏んだことを察したのだろう。

「い、いえいえ、なんでもございません！　それより奥さま方も長旅でお疲れでしょうし、早々にお城の方へとご案内させていただければと思う次第でございます、はい！」

魔王にあるまじき腰の低さで、彼女たちを洞窟の奥へと案内し始めたではないか。

なんというか、世渡り上手な人（？）である。

「ささ、どうぞこちらへ！　足下暗くなっておりますので、お気をつけください！　あ、お荷物は私めがお持ちいたしますので！」

というか、もうこれただのホテルマンだろ。


ブラックホッパーの案内で、洞窟の中へと進んだ俺たちだったが、洞窟内は想像していたよりもずっと明るく、何やら壁に光る苔《こけ》のようなものがついており、それが照明代わりとなっているようだった。

しかも魔王が案内人ということもあってか、別段他の魔物に襲われることもなく、むしろ途中で魔物の姿が見えた時には、ブラックホッパーがガイドさんよろしく生態などを説明してくれたりしたので、ちょっとした観光のような感じになっていた。

しかし今まで脅威だと感じていた巫女には堪ったものではなかったらしく、

「――なんで私たち、こんなの相手にびくびく暮らしていたんでしょうね……」

と、げっそりしていたのだが……それはさておき。

案内に従い、洞窟を下へ下へと進んでいった俺たちは、地下に出来た巨大な空間内に建てられた、いかにも悪鬼羅刹が巣くっているであろう、おどろおどろしい風体の城を眼前に捉えていたのだが、

『ようこそ、蟲魔王城へ♪』

城はのぼり旗などで色々とデコレーションされ、著名人が訪れた時の旅館みたいな歓迎ムードに包まれていた。

「「…………」」

え、何これ……。

どう反応していいか分からない俺と巫女のことなどつゆ知らず、冴子と愛海はブラックホッパーに連れられ、ずんずん城の内部へと進んでいく。

最中、巫女は黄昏《たそが》れたようにデコられた城を見上げながら言った。

「――蒼司さん、私ね、もう考えるのをやめようと思うんです」

巫女同様、俺もふっと微笑みながら頷く。

「そうか。俺もそろそろこの現実を受け入れようと思う。ところで、この旅館の売りはなんだろうな？」

「さあ？　たぶん岩盤浴とかじゃないですかね？　地下ですし」

「ほう、それは楽しみだな」

岩盤浴に地下が関係あるのかは知らんけど。

「ええ。せっかくですし、ひとっ風呂浴びて行きましょうか」

「だな」

「はい」

「「HAHAHAHAHA！」」

はあ……、と揃って嘆息し、俺たちは肩を落としながら冴子たちの後を追う。

もうあれだ。

この先に何が起ころうとも、そういうものだと思っておいた方がいいのかもしれない。

俺の知ってる異世界召喚とは些《いささ》か様相が異なるのだが、世の中にはこういう形の召喚もあるということだろう。

というか、そもそもの疑問なのだが——俺って本当に救世主なの？

その割には、まったくと言っていいほど活躍していない気がするのだが。

まあ、いいか……。

再び小さく息を吐いていると、どうやら玉座の間に続く扉の前へと到着したらしい。

「では——」

ブラックホッパーが一つ咳払《せきばら》いをし、両開きの扉を勢いよく開け放った。

すると。


「——あら、いらっしゃい、蒼くん♪」

玉座の間に入った俺たち（むしろ俺）に、正面中央の玉座に腰掛けた一人の美女が、小さく手を振りながら笑いかけてきたではないか。

が、次の瞬間。


「「——きゃあっ⁉」」

「「「――なっ⁉」」」

いつの間に美女の側まで移動したのか。

恐らくは同時に攻撃を仕掛けたであろう冴子と愛海の身体が、唐突に宙を舞い、二人揃って床石に叩《たた》きつけられる。

「うっ……」

「く、うぅ……」

遅れて二人の得物ががしゃんっと金属音を響かせる中、彼女らを弾き飛ばしたであろう美女は、

「――ごめんなさいね、二人とも」

と、手にしていた刀らしきものを腰の鞘《さや》へと収めつつ、悠然とこちらに歩を進めてきた。

「ひ、ひいっ⁉」

「な、なんなんですかあの人は⁉」

ブラックホッパーと巫女が、俺の後ろでがたがたと身体を震わせる。

なんで魔王が勇者の後ろに隠れているのかはさておき。

とにかく、あの美女に関しては見覚えがあった。

ふわふわのロングヘアが似合う柔和な顔つきに、冴子以上に豊満な胸元を持つ、抜群のスタイル。

そして今も俺に向けられ続けている、冴子たちに匹敵する〝愛〟の感情。

「——ふふ、つーかまえた♪　お姉ちゃん、蒼くんに逢《あ》えて嬉しいわ♪」

——むぎゅ～。

「ふぁい……」

そう、彼女の名は不破朱音《あかね》。

俺の——〝義姉〟である。

五章　我が愛しのヤンデレたち

向こうの世界にいるはずの義姉《ねえ》さんが、何故《なぜ》こんなところにいるのか。

もしかしたら、冥王の幻術的なものなのではないのかと訝《いぶか》しむ俺だったが、

「――はあ～、蒼《そう》くんの温もり～♪　ふかふか～♪」


――すりすりすりすりすりすりすり。

うん、これ本人だわ。

懐かしさすら覚える、この異常なまでのスキンシップに、俺は眼前で俺の頭を抱えている美女が、義姉の朱音《あかね》であることを確信する。

義姉さんは俺よりも二つ上の一九歳で、県内の大学に通う普通の女子大生である。

一〇年前――俺が七つの時に、義母の連れ子として家族となった女性だ。

見た目通り、性格も温厚で、母性に溢《あふ》れてはいるものの、どこか妖艶な雰囲気を醸し出すことがままあり、このようにスキンシップも過多なので、お年頃の俺には少々よろしくない影響を与えていたりする。

とはいえ、一応俺たちは義理といえど姉弟なわけだし、そういう対象にはならないはずなのだが、

「──うふふ、今日は一緒に寝ましょうね、蒼くん♪」

これ、大丈夫だよね？

以前は確かに毎日のように義姉さんがベッドに入ってきた気がするけど、そのくらいなら普通の姉弟でもあるはず……たぶん。

いまいち確証が持てないあたりが怪しいところだが、今はそれよりも確認しておかなければならないことがある。

彼女の腰にぶら下がっている代物も含めて。

なので、俺は未だに俺の頭を抱えている義姉さんに、上目で語りかけた。

「あ、あの、義姉さん？」

「こら、〝お姉ちゃん〟でしょ？」

ぷくぅ、と義姉さんが可愛らしく頰《ほお》を膨らませる。

ちなみに、義姉さんは自分のことを〝さん〟付けで呼ばれることが、あまり好きではなかったりする。

他人行儀というのが主な理由らしいのだが、さすがにこの歳で〝お姉ちゃん〟と呼ぶのは少々気恥ずかしい。

しかしこういう時は素直に従っておいた方がいいことを、長年の経験上分かっている俺には、当然、反抗など出来るはずもなく、

「え、えっと……お、お姉ちゃん？」

「はい、どうしたの？　蒼くん」

にこり、といつもの微笑みで応えてくれた義姉さんに、俺は抱いていた疑問を問うた。

「義姉さ……お姉ちゃんはどうしてここに？　それに今のは……」

横目で奥の方を見やると、冴子《さえこ》たちがぎっとこちらを睨《にら》みつけながら、弱々しく立ち上がろうとしている姿が目に入った。

何せ、あのレベルがカンスト間近の二人を軽々しく叩《たた》き伏《ふ》せたのである。

疑問を持たない方がおかしいだろう。

眉をハの字にして問う俺に、義姉さんはさも当然だと言わんばかりに答えた。

「――もちろん蒼くんの〝匂い〟が消えちゃったから、これを辿《たど》ってきたに決まってるじゃない」

「…………」

そっかー、決まっちゃってたかー。

じゃあしょうがないなー――とはならねえよ⁉

内心鋭い突っ込みを入れつつ、俺は頭痛がしそうになっていた。

何故冴子にしろ義姉さんにしろ、〝匂い〟で俺の位置を特定出来るんだよ⁉

しかも異世界まで普通に追ってくるって、もうわけ分かんないんですけど⁉

巫女《みこ》には、先ほど全てを受け入れようと思うと言いはしたのだが……うん、無理です。

受け入れる前に突っ込みが追いつかない。

というか、突っ込みどころしかない。

どうすんだよ、これ……。

そう俺が顔を引《ひ》き攣《つ》らせていると、義姉さんは恨めしそうな顔をしている冴子たちに視線を向けながら言った。

「で、あの子たちに関しては、ちょっとおいたがすぎたから、〝めっ〟てしただけよ」

「〝めっ〟て……」

それであれだけぶっ飛んで満身創痍《まんしんそうい》になったのか。

なんというか、今さらだけど、俺の周りってやばい人しかいなかったんだなぁ……。

「でも大丈夫よ。蒼くんの大切な〝お友だち〟だもの。必要以上に手荒なことは、お姉ちやんもしませんっ」

たゆんっ、とその豊かな胸を張る義姉さんだが、妙に〝お友だち〟の部分が強調されているように聞こえたのは、果たして俺の気のせいだろうか。

「「……っ」」

いや、あの様子だと、たぶん気のせいではないのだろう。

ともあれ、これだけは聞いておかねばなるまい。

「そ、そっか。えっと……その刀っぽいものは？」

小さく義姉さんの腰元を指差す俺。

義姉さんが剣術をやっていたという話は聞いたことがないし、そもそも何故刀などという物騒な代物を、普通に携帯しているのかが気になったからだ。

俺の問いに、義姉さんはどこか嬉《うれ》しそうに顔を明るくさせて言った。

「これはね、お母さんが持たせてくれたのよ。淑女の嗜《たしな》みだから、って」

いや、義母《かあ》さん何してるんだよ。

確かに義姉さん同様、いつもふわふわでにこにこしている人だったけど、よもや中身のずれ具合まで義姉さんそっくりだったとは思わなかった。

もしかして父さんも、俺と同じように離して貰《もら》えなかったのかなぁ……。

虚空に思いを馳《は》せる俺だが、とにかく今は一度状況を整理しないと。

冴子たちがいきなり襲いかかった理由も聞きたいし。

「な、なるほど。と、とりあえずどこか落ち着いて話せるような場所はないかな？　初《しょ》っ端《ぱな》からこんな感じにはなっちまったけど、お互いに紹介もしたいしさ」

「そうね。蒼くんの言うとおりだわ。——ホッパーさん」

「へい！　なんでしょう、姐《あね》さん！」

しゅばっと風のように飛んできたブラックホッパーに、義姉さんは言う。

「これから皆を食堂に案内するから、出来れば全員にお茶を淹《い》れて貰えると助かるわ」

「了解です！　とっておきのお茶を淹れさせて貰います！」

「ええ、お願いするわね」

きびきびと敬礼で応えるブラックホッパーの姿に、巫女が黄昏《たそが》れたような顔で、ぼそりとこう呟《つぶや》いた。

「最近の魔王って、お茶とか淹れるんですね」

「…………」

そうみたいですね。

義姉さんの案内で城内の食堂へと移動した俺たちは、やたらと長さのある長方形の食卓に全員で着き、ブラックホッパーの用意した〝とっておきのお茶〟とやらを美味《おい》しくいただいていた。

席順は、部屋の一番奥側が義姉さんで、義姉さんの右側に俺と巫女が並び、左側に愛海と冴子が座っている。

最初はどんなやばい代物が出てくるかとどきどきしていたのだが、彼が用意したのは、意外にも普通の紅茶で、香りにしろ味にしろ、確かにいつも飲んでいるティーバッグの紅茶とは雲泥の差だった。

正直、あとでお土産に欲しいくらいである。

「……ふう」

ティータイムを挟んだことで、ほっと一息吐くことが出来た俺は、改めて女子たちに互いのことを紹介することにした。

「じゃあそろそろ皆も落ち着いたと思うし、俺の方から紹介させて貰おうと思う。まず彼女は不破《ふわ》朱音。俺の義理の……お姉ちゃんだ」

「ふふ、蒼くんの義姉の朱音です。愛海ちゃんは知ってると思うけど、そちらの二人は初めてだと思うから、これからよろしくね」

「あ、どうも」

「……はい」

巫女は素直にぺこりと会釈をしていたが、冴子の方は相変わらず憮然《ぶぜん》としており、義姉さんと目を合わせようともしていなかった。

この後の紹介が実にしづらいのだが、しないと今度は冴子に殺されそうになるので、事実をありのまま説明するしかあるまい。

そう覚悟を決めた俺は、義姉さんに冴子たちのことを紹介する。

「それで、まず彼女は聖剣――イアハートを守る巫女さんで、名前は色々あって明かすわけにはいかないので、気軽に〝巫女〟と呼んであげてくれ」

「そう。じゃあよろしくね、巫女ちゃん」

「あ、はい。よろしくお願いします、朱音さん」

さて、問題はこの次である。

曲がりなりにも冴子は俺の彼女なのだ。

幼馴染《おさなな じ》みの愛海でさえ、〝お友だち〟だと言い張る義姉さんに紹介して、果たして無事に済むかどうか――。

考えただけでも胃がキリキリしてきたが、ここまで来た以上、もう先に進むしかあるまい。

静かに深呼吸し、俺は義姉さんに冴子を紹介する。

「そして最後は、俺のクラスメイトの敷島《しきしま》冴子さん。あー、義姉さ……お姉ちゃんは知らないと思うんだけど、冴子は俺の……か、彼女、です……」

言った！　言ったぞ！

ごくり、と固唾を呑《の》み込《こ》み、俺は義姉さんの反応を窺《うかが》う。

義姉さんはいつもの柔和な顔つきで、

「ふーん、そうなの」

と、頷《うなず》いた後、

「――つまり〝お友だち〟ね」

そう――微笑んだ。

あれ？　今ちゃんと彼女だと言った気が……。

もしかして聞こえなかったのだろうか。

俺が小首を傾げていると、義姉さんは俺の疑問に答えるかのようにこう言った。

「――だって蒼くんにはお姉ちゃんがいるんだから、お友だち以外の女の子なんて必要ないでしょう？」

「…………」

それは、どういうことでしょうか？

ちょっと言っている意味がよく分からないので、とりあえず話の続きを聞こうと思う。

「確かに蒼くんもお年頃だし、女の子と色々したくなる気持ちも分かります。でもそれは、別にお姉ちゃんに任せればいいと思うの。キスだって毎日してるんだし」

「えっ？」

ごめん、今ちょっと本当に聞き捨てならないことが聞こえた気がするんだけど、キスがどうしたって？

唖然《あぜん》とする俺に、義姉さんはふふっと嫋《たお》やかに笑って言った。

「だって蒼くん可愛いんだもの。だからお姉ちゃんとしても、毎日おやすみのキスは欠かさないようにしていたの。もちろん蒼くんと初めて会った日の夜からだから、もう一〇年くらい経つのかしらね。回数にしたら、優に三五〇〇回以上だと思うわ」

「さ、三五〇〇……っ⁉」

だ、ダメだ。

あまりに意味が分からなすぎて、俺の頭では理解が出来なくなってきた。

でもこれだけは聞いておかないといけない気がするので、俺は最後の力を振り絞って義姉さんに尋ねる。

「え、えっと、それはおでことか、そういう感じだよね？」

その問いに、義姉さんは何故か嬉しそうに答えた。

「──もう、もちろんお口に決まってるじゃない♪」

「────」

よし、意識フェードアウト！

おやすみなさい！

すっかり魂の抜けかけている俺のことなどつゆ知らず、今まで無言を貫いていた冴子が、口調に些《いささ》か険を孕《はら》ませて言った。

てっきりファーストキスだと思っていた冴子とのキスが、まさかの三五〇〇回以上後だったのだ。

彼女としても思うところがあったのだろう。

「随分と蒼司《そうじ》……義弟《おとうと》さんにご執心なのですね？」

「ええ、もちろんよ。だって蒼くんは私の大切な義弟だもの。愛してあげるのは当然でしょう？」

「なるほど。ですが少々スキンシップがすぎるのでは？」

「あら、ごめんなさい。お友だちの前で見せるようなものではなかったわね。反省しないと」

「……っ」

素で申し訳なさそうな顔をする義姉さんに、冴子の苛立《いらだ》ちも増しているようだった。

そうなのである。

恐らく義姉さんは、心の底から冴子のことを、〝ただのお友だち〟だと思い込んでいる。

愛海にしてもそうだ。

幼馴染みではあるが、義姉さんの中では、〝付き合いの長いお友だち〟にすぎないのだろう。

ゆえに、ただの友だち以上の認識はなく、扱いもそれ相応。

まさに――〝眼中にない〟のだ。

そして自分たちが競争相手にすらなっていないことに、冴子と愛海は嫌でも気づかされているため、苛立ちが抑えきれないんだと思う。

だがそんな義姉さんを同じ舞台に立たせるための策が、冴子には思い浮かんでいたらしい。

彼女は腕を組み、精一杯の余裕を見せながらこう言った。

「でも私——蒼司とはキスを済ませていますので」

「——っ⁉」

な、何故今それを言っちゃったのー⁉

彼女ポジをアピールしたいのは分かるのだが、先ほどまでの流れで、義姉さんがどういう人なのかを冴子も理解しているはずだ。

まさかそれを承知の上で、この話を持ち出すとは……。

いや、もしかしたらよほどの勝算があるのかもしれない。

一体どうなる……。

静かに成り行きを見守っていた俺だったが、

「——あら、そうなの？　ふふ、さすがは私の蒼くん♪　モテモテでお姉ちゃんも嬉しいわ♪」

「「……………」」

――ダメージゼロ！

これは絶対子どものお遊戯くらいにしか思っていないタイプのやつである。

「あ、このお茶っ葉、あとでお土産用に包んで貰えます？」

「へい、了解ですっ」

すでに会話に入る気がない巫女に横目でメンチを切りつつ、俺は起死回生の一撃を華麗にスルーされた冴子を見やる。

「――――」

彼女はかっと両目を見開きながら俯《うつむ》き、愛用のハサミをじょきじょきしつつ、一人ぶつぶつと何やら呪詛《じゅそ》めいた言葉を呟き続けていた。

や、病んでるなぁ……。

とりあえず触らぬ神に祟《たた》りなしということで、俺は愛海に声をかける。

「そ、そういえば、愛海もお姉ちゃんとはよく話していたよな？」

「うん。朱音さんにはいつもよくして貰っていたから、本当に感謝している」

「あら、そう言って貰えると嬉しいわ。ふふ、愛海ちゃんは優しくていい子だし、私も大好きよ」

「そんなことはない、です……。朱音さんこそ、素敵な大人の女性で、わたしの憧れですから……」

「ふふ、ありがとう」

え、なんだろう、この流れ。

俺がなんとも言えない違和感に苛《さいな》まれていると、愛海はぐっと胸元で拳を握り、こう続けた。

「なので――どうかわたしを朱音さんの妹にしてください……っ」

「!」

なるほど、これは意外な方向からのアプローチである。

冴子のような正面突破のストレートではなく、横から回り込んでのフックというかなん
というか。

とにかく持ち上げて、気が緩んだところを攻めていくスタイルだ。

大方、〝妹になりたい＝俺の嫁になりたい〟ということで、これに頷いた瞬間、「女に二言はないですね？」的に弱い部分を突いていく気なのだろう。

やり方的には狡《ずる》くとも、義姉さん相手だと、もうそういう方法しかないあたりが、彼女の異常性を如実に物語っている気がする。

改めて考えてみても、やっぱり俺の義姉さんってやばい人だったんだなぁ……。

内心俺がそう黄昏れていると、義姉さんはあらあらとやんわり笑った後、

「――ごめんなさいね。それは無理です」

と、ばっさりお断りしたのだった。

「だって私は、蒼くんだけのお姉ちゃんだもの」

「――」

まさか断られるとは思っていなかったのだろう。

俺の嫁にはなれずとも、最悪妹分くらいにはなれると考えていたらしい愛海は、予想外の事態に脳の処理が追いつかなかったのか、呆然《ぼうぜん》と瞳を瞬《しばた》かせた後、

「――だったらもう……っ」

やはり冴子同様、己が得物である包丁を手に、ハイライトの消えた瞳でぶつぶつと呟き始めたのだった。

もうやだ、この子たち……。

「――というわけで、私は蒼くんが冥王さんの討伐をやりやすいよう、こうしてホッパーさんの軍団を手に入れておいたの」

「ふははは！　そういうわけだ、義弟くん！」

「いや、あんたはもう少しプライドを持った方がいい……」

がっくりと肩を落としつつ、俺は考えを巡らせる。

冴子たちが自己の世界に閉じこもった後、改めて俺は義姉さんに、こんなじめじめとしたところにいる理由を問うた。

概《おおむ》ね愛海の予想通りだったが、今まで普通の優しい姉だと思っていた義姉さんが、単身魔王軍をボコりに行き、普通にこれを手中に収めたという事実には、正直、ドン引きだった。

しかし義姉さんは俺のためにここまでしてくれたわけだし、その気持ちを無下にするわけにはいかないだろう。

確かに未だ正体の分かっていない冥王と戦うためには、もっと多くの情報が必要だ。やつに一番近いところにいる、六大魔王の一人がパシリになったというのであれば、他の魔王の居場所なども含め、情報収集も捗《はかど》るというものである。

なんならしばらくはここを拠点として、諜報《ちょうほう》活動をしてもいい。

とにかく旅が有利に進められるようになるのは事実だ。

そこは素直に感謝しなければなるまい。

「でもありがとう。おかげで冥王討伐も少し楽になると思う」

「ふふ、いいのよ。だってお姉ちゃん、蒼くんのためだったらなんでもしてあげられるもの。だから好きなだけ頼ってね」

「う、うん」

「「――――」」

――じとー。

し、視線が痛い。

なんで俺の方が睨まれるんだよ。

「蒼司さんって、実は結構甘えん坊さんだったんですね」

そしてお前はあとでお尻ぺんぺんな？

お茶菓子片手にけたけた笑う巫女に、俺が睨みを利かせていると、ふいにブラックホッパーが何やら肘で小突きながら小声で言ってきた。

（しかし義弟くんも隅に置けんな。姐さんだけじゃなく、そちらの美少女二人からもラヴコールを受けているなんて）

（そりゃどうも。おかげで寿命が縮まりそうだけどな）

（はっはっ、でもそのくらい彼女たちは義弟くんのことが好きなのだろう？　もしかしてそこの巫女さんも？）

（さあな。そんなフラグを立てた覚えはないんだが……）

（なるほど。まあ巫女に関してはいい。とにかく姐さんとそちらの二人に関しては、義弟くんが大好きで間違いないんだな？）

（たぶんな。自分で言うのもあれなんだけど……って、なんでそんなことを聞くんだ？）

俺が眉根を寄せていると、ブラックホッパーは鷹揚《おうよう》に笑った後、

（——ひ・み・つ♪）


（…………）

可愛らしい仕草で人差し指を口元に持っていき始め、俺は素で死ねばいいのにと思った。

何故か上機嫌で去っていったブラックホッパーの背を、俺が不快な気持ちで見送っていると、ふと義姉さんが皆を見渡して言った。

「ところで、これからあなたたちはどうするつもりなのかしら？」

「えっと、一応情報収集のために、この先の港町を目指そうかなと……」

——ちらりっ。

「いや、何故俺を見る……。というか、そこはこの世界の情勢に詳しいお前の出番なんじゃないのか？」

未だにお茶菓子を手にしていた巫女に、俺がそう問いかけると、彼女はうーんと眉間にしわを寄せ、これをもぐもぐして、しっかりと呑み込んでから言った。

「実は私、レクリアから出たことがほとんどなくてですね、世界の情勢とか、そういうことに関しては、よく分からないんですよね」

「うわぁ……」

「〝うわぁ〟ってなんですか、〝うわぁ〟って⁉　仕方ないでしょう⁉　聖剣の巫女として、箱入りで大事に育てられたんですから⁉　おかげでパンがなければケーキを食べればいいと思ってますよ、私は⁉」

え、なんの話？

「なら港町を目指す予定ではあったけれど、一度レクリアに戻るのはどうかしら？　その女を亡き者……蒼司のお義姉さんが魔王の一角を倒したという報告もした方がいいと思うし、あの魔王からも色々と情報が引き出せるでしょうしね」

「確かに。朱音さんをどこで仕留め……仲間になったという報告も兼ねて、一度帰還してもいいと思う」

「…………」

いや、さらりと平静を装ってるけど、結構いい具合に本音が漏れてたからね？

「ふふ、面白い子たちね」

義姉さんは義姉さんで全然気にも留めていないし。

でも確かに一度レクリアに戻り、色々と作戦を立て直してもいいかもしれない。

ブラックホッパーがこっち側についている以上、残りの敵の位置も分かるし、それなら

それで軍を送り込むなり、奇襲をかけるなり出来るからだ。

港町で無闇に情報を集めるよりは、遥《はる》かに効率的だと思う。

「え、レクリアに帰れるんですか⁉」

おい、期待が顔中から溢れてるぞ。

まあ、こいつは俺が強制的に連れてきたので、それも仕方のない話ではあるのだが。

「そうだな。色々と状況も整理したいし、一度レクリアに戻ろうと思う。義姉さんもそれ

でいいかな？」

「ええ、もちろん。私は蒼くんのいるところならどこへでもついていくわ」

「そ、そうですか」

「「――――」」

――ぎぎぎっ。

いや、だから睨むなって。

そんな感じで話はまとまり、俺たちはお土産用のお茶を手に、玉座の間へと戻ろうとする。

相変わらず冴子たちは、どうやって義姉さんを亡き者にしてやろうかと隙を窺っているようだったが、飛びかかっていないところを見る限り、隙が見つからないのだろう。

「——うふふ、蒼く〜ん♪」

——ぎゅ〜っ。

「は、はは」

こんなに無防備なんだけどな……。

しかしこれからどうなるんだろう、と俺は虚空に思いを馳せる。

義姉さんがいる以上、冴子と愛海の争いも、とりあえずは収まっているようだし、どちらかが死ぬこともないとは思う。

ただフラストレーションは相当溜《た》まっているっぽいので、いつかそれが爆発しないかが心配だ。

まあ爆発したところで、義姉さんがどうなるということはないと思うのだが、

「――レクリアに～♪　帰れるぅ～♪」

こいつに被害が及ぶ可能性がなきにしもあらずというか。

「「――――」」

――ごごごごごっ。

今も何一人でにやにや笑ってんだぶっ殺すぞみたいな顔で睨まれてるし。

巫女が浮かれて気づいていないところがまた……。

とはいえ、問題は冴子たちだけではなく、

「――ふふ、あとでお姉ちゃんがお背中流してあげるからね♪」

義姉さんのスキンシップが激しいです……。

いくら姉弟とはいえ、俺は一七歳の上、義姉さんにいたっては一九歳だ。

もうそのくらいの歳になると、身体機能的にも大人の仲間入りをしているわけだし、そういうことは慎んだ方がいいと思う。

そうは思うのだが、

「い、いや、さすがにお風呂は……」

「あら、どうして？　向こうではいつも一緒に入っていたでしょう？」

というように、義姉さんの中では当然の行為らしく、まったく不自然に思っていないようなのだ。

と。

「――へえ、それは初耳ね」

「――うん、わたしも初耳」

冴子たちがこぞってジト目を向けてくる。

そこは突っ込まないでいただきたかったのだが、さすがにそういうわけにもいかなかったようだ。

「ま、まあほら……なっ？」

「いや、なんで私に振るんですか⁉　蒼司さんが甘えん坊さんなことなんて知りませんよ⁉」

「誰が甘えん坊さんだ⁉」

俺が巫女の発言に異議を唱えていると、隣にいた義姉さんも俺に同意してくれる。

が。

「――そうよ、巫女ちゃん。蒼くんが甘えたいのはお姉ちゃんだけなんだから、他の人には甘えたりなんてしませんっ」

違う、そうじゃない。

義姉さんの的外れな見解に脱力しつつ、俺は巫女に物申したい気持ちでいっぱいだった。

そもそも風呂に関しては、俺が入ってると、必ず義姉さんが後から入ってくるだけであって、俺から頼んだことなど一度もないのだ。

それを〝一緒に入っていた〟という事実だけで、さも俺がお姉ちゃん大好きっ子みたいに言うのは、正直、やめていただきたい。

そりゃ義姉さんのことは家族として好きだが、俺が目指しているのは、あくまで自立した大人の男なのだ。

甘えるのは本当に愛している女の前でのみ、しかも滅多に甘えない感じのクールガイが俺の理想なので、変な印象を与えるのはご遠慮願いたい。

まったく困ったものである。

と、俺が不快感を露わにしていると、

「──ちょっといいかしら？　巫女さん」

「あ、はい。なんでしょうか？」

巫女が冴子たちに呼ばれ、後方へと下がっていく。

「──」

「──っ⁉」

「──」

「〜〜っ⁉」

ここからはなんの話をしているのかは分からなかったが、巫女の顔色が青くなったり黒くなったりしているところを見る限り、彼女にとってはあまりよくないことを言われているのだろう。

「うぅ……ぐすっ……」

しばらくして、巫女が泣きべそをかきながら前列に戻ってくる。

面倒《めんどう》そうなので、このまま見ない振りをしてもよかったのだが、延々と横で泣かれるのも困るので、俺は彼女に問う。

「どうした？　なんて言われたんだ？」

すると、巫女は洟《はな》をすすりながら、ぼそりと呟くように言った。

「……ものっそい怒られました。あなたのせいで蒼司に甘えられなくなったらどうするんだって……」

「そ、そうか。それは悪かったな」

「いえ、それはいいんですけど……」

いいのかよ。

じゃあなんなんだよ。

「その前に言われたんです……。あなたはこちら側でしょ、と……」

そこで言葉を区切った巫女は、ぱっと顔を上げて訴えかけてきた。

「私、いつの間に〝こちら側〟になったんですかぁ～!?」

「いや、俺に聞かれても……」

「うぅ、私はただ普通に過ごしていたかっただけなのに……ぐすっ……」

「まああれだ……うん。どんまい」

「ふぇぇ～……」

ぶわっと涙を溢れさせる巫女をなんとか宥《なだ》めようとする俺だが、せいぜいハンカチを渡

すことくらいしか出来ず、

「あ、どうも……」

――ちーんっ！

「はい、お返しします……」

「………」

たんまり水分を吸って水風船みたいになったハンカチを、俺が引き攣った顔で摘まんでいると、ようやく玉座の間まで戻ってきたらしい。

玉座の間には、先に食堂を退室していたブラックホッパーが待っており、彼は相変わらず低い腰で頭を下げた。

「お疲れさまです、皆さま！」

そういえば、これからレクリアに戻るわけだが、彼についてはどうするのだろうか。

一緒に連れていった方が、紹介とかもしやすいとは思うのだが、先日は獣魔王――ライオーガが襲来したばかりだし、この短期間に二人目の魔王が来たとなると、たとえ争う気がなくとも、皆も過敏に反応してしまうかもしれない。

なので、ここは少々慎重に、義姉さんだけをレクリアに招待した方がいいのではなかろうか。

そう思っていたのは、義姉さんも同じだったようで、

「じゃあ私は蒼くんたちと一緒にレクリアまで行ってくるから、ホッパーさんは留守番をお願いね」

「へい、承知しました！」

ずびっと軽快に敬礼するブラックホッパーに背を向け、俺たちは城の出口へと向かおうとする。

彼に関しては、とりあえず軍門に下ったことを報告しつつ、冥王を倒した後にでも、不戦ないしは不可侵の協定を結べばいいだろう。

たとえ魔王であろうとも、戦う意志のない者を邪険に扱う必要はないしな。

人々に危害を加えないのであれば、別段自由にして貰ってもいいと思う。

冥王を含めた他の魔王たちも、ブラックホッパーのように話の分かるやつらならいいのに。

と、そう思っていた俺だったが、

「――迂闊《うかつ》なり、救世主一行！」

「「「「――っ⁉」」」」

突如ブラックホッパーが声を張り上げると同時に、俺たちの足下に何か魔法陣のようなものがぽんやりと浮かび上がる。

何事かと俺たちが状況を理解出来ないでいると、

「「「――きゃあっ⁉」」」

いきなり俺と巫女を除いた女子たち三人が、悲鳴とともに床に倒れ込んだではないか。

「――なっ⁉」

「ね、義姉さん⁉　冴子に、それに愛海も、皆一体どうしたんだ⁉」

慌てて義姉さんを抱き起こそうとするも、彼女の身体《からだ》はもの凄く重く、まるで地面と一体化しているような感じで、とてもではないが動かすどころの話ではなかった。

「ダメです⁉　二人とも全然動かせません⁉」

そしてそれは冴子たちも同じだったらしく、巫女も困惑している様子だった。

「くっ⁉　一体彼女たちに何をした⁉」

焦燥をぶつけるように問う俺に、ブラックホッパーは高笑いを響かせながら言った。

「ふはははっ！　別に大したことではない！　ただ少しばかり結界を張らせて貰ったのだ！」

「結界、だと……？」

「そうとも！　だが通常の結界では、そこの三人を抑え込むことなど出来ないと踏んだ私は、彼女たちのためだけに、少々特殊な結界を用意したのだ！」

「特殊な結界……」

反芻《はんすう》するかのように、俺がブラックホッパーの言葉を繰り返していると、やつは大きく頷いて続けた。

「そうだ！　名付けて——《蒼くん好き好き大好き結界》！　義弟くんに想いを寄せれば寄せるほど、身体の自由が利かなくなるという結界だ！」

「な、なんだってー⁉」

ネーミングセンスから効果まで、もう突っ込みどころしかないぞ⁉

俺がすこぶるショックを受けていると、恐らくは反撃の機会を窺っていたと思われ、どこからともなくぞろぞろと魔物たちが姿を現してくる。

「ひえっ⁉」

ばりばり動ける巫女は、一人とんずらしようとしていたらしいのだが、扉に辿り着く前に回り込まれてしまったのだろう。

「そ、そそ蒼司さ～ん⁉」

「お前なぁ……」

ぴゅー、と俺の側《そば》まで後退してきたので、仕方なくこれを庇《かば》うように剣を抜く。

もしこの状況を切り抜けることが出来たら、あとで一〇〇連でこぴんの刑にでも処そうと思う。

ともあれ、そうしてあっという間に周囲を囲まれた俺たちに、これを指示したであろう張本人が、やはり余裕の表情で口を開いた。

「くっくっくっ、この時を待っていたぞ。まさかたった一人の人間に、我ら全員が叩きのめされるとは思わなかったが……まあいい。とにかくこうして形勢を逆転させたのだ。まさに我が知略の成せる業というものよ」

「つまり今までのは全部演技だったってことか⁉」

「当然よ。仮にも私は冥王さまにお仕えする六大魔王が一人――蟲魔王《ちゅうまおう》ブラックホッパーだぞ？　そう易々と人間どもの下になどつくものか」

「……っ」

ぎりっと唇を噛《か》み締《し》め、俺は慎重に周囲の状況を窺う。

直径三～四メートルほどの魔法陣を中心に、その周囲全てを多数の魔物どもがぐるりと囲っている。

魔物の数は定かではないが、優に一〇〇匹以上はいそうだし、それらを率いているのは、蟲魔王——ブラックホッパーだ。

対して俺たちの戦力は、体感的にレベル10にも満たない俺と、ほぼ無力な巫女のみ。

せめて三人のうちの一人でも自由になっていたのなら、まだ勝算もあったのだが、このままでは全員殺されてしまうだろう。

現状、とりうる選択肢は二つ。

なんとかして結界を破壊し、女子たちを解放してこの場を乗り切るか、それとも巫女を連れて気合いで逃げるかだ。

ただ前者の場合、即座に結界を破壊出来なければアウトだし、言わずもがな、後者を選ぶと、冴子に愛海、そして義姉さんは確実に殺されてしまう。

しかも逃げ切れる可能性も限りなく低い。

どちらを選んだにせよ、それ相応の覚悟は必要となってくるだろう。

と。


「——逃げ、なさい……っ」


「……冴子？」

ふいに冴子が苦悶《くもん》に喘《あえ》ぎながらそう告げてくる。

すると、彼女の言葉を皮切りに、

「逃げて、蒼ちゃん……」

「ええ……私たちのことは、構わずに……」

愛海と義姉さんも、俺たちに逃げるよう促してきたではないか。

「そ、蒼司さん……」

「分かってる！」

だがそう言われて、すぐさま頷けるはずもなかろう。

ここで俺が逃げたら、たとえ巫女を救うことは出来ても、残りの三人は殺されてしまうのだ。

そんな簡単に決めることなど、出来るわけないではないか。

苦虫を嚙《か》み潰《つぶ》したような顔で歯噛みする俺に、ふとブラックホッパーがこう言ってきた。

「――そうだ。逃げるといい」

「……なんだと？」

俺が憤りを孕んだ視線を向けるも、ブラックホッパーはこれをまったく意に介さず続ける。

「貴様もその女どもには手を焼いていたのだろう？　ならばこれはチャンスだ。このチャンスを逃せば、貴様は一生その女どもに縛られ、絞られ、精神を摩耗させせながら、失意のうちにこの世を去ることだろう」

「………」

「だが今そいつらを処分しておけば、貴様は心の安寧を手に入れることが出来る上、今後の人生をより豊かなものにすることが出来るはずだ。まあ、それは貴様の頑張り次第だが、とにかくそいつらはあまりにも危険だ。どの女も、いずれは冥王さまにも届きうる資質を持っている。貴様がもしその聖剣を収め、大人しくこの場を去るというのであれば、同じ女に苦しんだよしみだ——今だけは我らも追わぬと約束しよう。どうだ？　悪い取引ではあるまい」

同じ女に苦しんだよしみ、か……。

「……そう、だな」

「蒼司さん!?」

ぎょっと驚愕《きょうがく》の表情を浮かべる巫女を尻目に、俺はブラックホッパーに問う。

「だがあんたがそれを守るという保証はどこにある？」

「残念ながら保証はない。だが先ほども言ったとおり、これは千載一遇のチャンスだ。その女どもには、二度と同じ手は通用しないだろうからな」

「だろうな」

だから今しかチャンスはないとブラックホッパーは言う。

確かに彼の言うとおり、このチャンスを逃したら、俺の地獄はこれからも続いていくのだろう。

冴子と愛海だけではなく、義姉さんまで現れたのだ。

それはもう考えるのも恐ろしい、血みどろの修羅場が待っているに違いない。

もしかしたら、冗談抜きで死人が出るかもしれないし、ぶっちゃけ俺が刺されて死ぬかもしれん。

そのくらいの地獄が待っているのは確かである。

でも、それでもこの三人は、俺の大切な彼女であり、幼馴染みであり、家族なのだ。

それをみすみす見殺しになど――出来て堪るかっ！

「――っ！」

ゆえに、俺は決意を秘めた眼差しをブラックホッパーに向けて言った。

「確かにあんたの言うとおり、冴子も、愛海も、そして義姉さんも、常識外れの少しおっかないところがあるさ。でもな、甘えてくれる時の冴子は最高に可愛いし、愛海の作る飯は最高に美味いし、いつも俺を支えてくれる義姉さんは、俺にとって最高に優しい姉ちゃんなんだ！　そんな彼女たちを置いて逃げろだと？　ふざけんのもいい加減にしろっ！」

「——なっ⁉」

「蒼司……」「蒼ちゃん……」「蒼くん……」

「蒼司さん……って、きゃあっ⁉」

「……巫女？」

そこで何故かいきなり巫女が尻餅をついてしまい、どうしたのかと俺が眉根を寄せていると、

「——え、あ……ち、違っ⁉　こ、これは違うんです⁉　ちょっとかっこいいかもって思っただけで⁉　ほ、ほら、全然影響を受けてなんて……って、重っ⁉」

「？」

彼女は驚愕の表情で立ち上がろうともがいており、ことさら意味が分からなかった。

「――な、何故だ⁉」

　最中、ブラックホッパーが顔色に焦燥を滲《にじ》ませながら問うてくる。

「それでは貴様はいつまで経ってもそいつらに囚われたままなのだぞ⁉」

「ああ、そうだろうな」

「だ、だったら何故その女どもを守ろうとする⁉　何故自ら死地に向かって歩もうとするのだ⁉」

「そんなの決まってるだろ」

「――っ⁉」

「それは――皆が俺の大切な人たちだからだあああああああああああああああああああああああああああああああああああああっっ‼」

　がんっ！　と俺は床に聖剣――イアハートを突き立てる。

「ぐわあっ⁉」

「蒼司⁉」「蒼ちゃん⁉」「蒼くん⁉」「蒼司さん⁉」

　その瞬間、俺の身体中を激しい電流のようなものが駆け抜け、思わず意識を失いそうになる。

「や、やめろ⁉　そんなことをしたら貴様の身体も⁉」

「うるせえ！　そんなこと知るかああああああああああああああっっ‼」

だが俺は歯を食い縛ってこれを耐え、さらにイアハートの刀身を突き入れる。

こんな方法で結界が壊せるかどうかは、正直、分からない。

しかしそれでも、俺は彼女たちを助けたいと思った。

「くっ⁉　か、構わん！　全員殺してしまえっ！」

彼女たちとこれからも歩んでいきたいと思った。

『ギシャアアアアアアアアアアアアアアアアアアアアアアアアアッッ‼』

だから俺は、魔物どもが総出で襲いきてもなお――。

「――壊れろおおおおおおおおおおおおおおおおおおおおおおおっっ‼」

剣を――突き入れ続けたのだ。

――しゅう〜。

するとどうだ。

ふいに身体中を襲っていた電撃が収まったかと思うと、肉の焦げた香りが辺りに漂った

ではないか。

だが魔法陣は残ったまま——その輝きを消すことは出来なかった。

「…………」

やはりダメだったのか。

守れなかったのか。

ならせめて……。

きんっ、と剣を床から抜き、俺は混濁した意識の中、襲いくる魔物どもに立ち向かおうとする。

『キシャアアアアアアアアアアアアアアアアアアアアアアッッ!!』

そうして魔物どもの波が俺を攫《さら》いかけた——瞬間。

『——ギョシャアアアアアアアアアアアアアアアアアアアアアアアッッ!?』

「……えっ?」

魔物どもが悲鳴とともに宙を舞い、

——ぼふっ。

「――もう大丈夫よ、蒼司」

俺は見覚えのある少女に抱き止められていた。

――冴子だ。

隣には心配そうな顔をしている巫女の姿もあった。

「だ、大丈夫ですか、蒼司さん⁉」

「あ、ああ……。なんとかな……」

「よかった……。今すぐ治癒術をかけますからねっ」

「ああ、頼む……」

何が起こったのかはよく分からないが、彼女たちがこうして動けている以上、たぶん俺は結界の破壊に成功したのだろう。

何せ、未だおぼろげな視線の先で、

「――よくも蒼ちゃんを！　絶対に許さない！」

――ぐしゃっ！

「ギャビュッ⁉」

「――ごめんなさいね。仏の顔は一度までって決まってるの」

――びゅっ！

「ゲエッ⁉」

愛海と義姉さんが、圧倒的戦力で魔物どもを蹂躙《じゅうりん》していたからだ。

「やっぱりすげえな……」

思わず笑みのこぼれた俺に、冴子はかぶりを振りながら言う。

「――いいえ、本当に凄いのはあなたの方よ、蒼司」

「えっ……」

「あなたは私たちの中で、唯一あの状況下でも諦めなかった。あれだけの魔物たちが一気に押し寄せてもなお、その剣を手放さずに戦い続けた。それは他の誰にも出来ない、あなたにしか出来なかったことよ、蒼司」

「いや、俺はただ――むぐっ⁉」

「ふふ、やっぱりあなたは最高の彼氏よ。帰ったらいっぱい私を抱かせてあげる。むしろ

あなたには私を抱く義務があるわ」

——ぎゅ～っ。

「ちょ、おい、冴子⁉」

「お、冴子さん⁉　蒼司さんは怪我人なんですから⁉」

冴子の熱烈な抱擁に、俺と巫女が戸惑いを隠せずにいると、

「——っ⁉」


——どがんっ！


「「ひいっ⁉」」

突如上空から何かが飛来し、今し方俺たちがいた床を抉《えぐ》っていった。

俺と巫女が無事だったのは、寸前で冴子に突き飛ばされたからで、当の冴子も、数メートルほど離れた場所で、件《くだん》のハサミを手にしていた。

と。

「——そこまでの介抱は許していない」

砂埃《すなぼこり》の中から現れたのは、他でもない愛海だった。

恐らくは何十という魔物たちを切り刻んできたのだろう。

全身を返り血に染め、鮮血のしたたる包丁を持って佇《たたず》むその姿は、まさに夜叉《やしゃ》そのもの。

が、恐怖はそれだけに留まらず、

——どさっ。

「『ひっ⁉』」

「——そうよ、冴子ちゃん。蒼くんが大好きなのは分かるけど、蒼くんはお姉ちゃん以外を抱いたりなんてしませんっ」

血塗れのブラックホッパーをごろりとその辺に投げ、義姉さんが可愛らしく頬を膨らませながら現れたではないか。

「だ、だからチャンスだとあれほど……げふっ」

がくっとブラックホッパーが意識を失う。

どうやらまだ生きてはいるようだ。

だが弾みで死なれても困るので、俺は巫女に治癒術をかけるよう頼む。

「あー、悪いがそいつを死なない程度に回復させておいてくれ。まだ聞きたいことが山ほどあるからな」

「わ、分かりました。それより蒼司さんの方は大丈夫なんですか？」

「ああ、おかげさまでな。まだ痛みは残るけど、とりあえず動けるようにはなったから大丈夫だ。ありがとな」

「い、いえ……」

俺が歯を見せて笑いかけると、目線が合ったのが恥ずかしかったのか、巫女の顔が桜色に染まる。

「え、えへへ〜……」

「？」

何やら愛想笑いまで浮かべているところを見る限り、よほど恥ずかしかったのかもしれない。

が。

「――何をしているのかしら？」「――何をしているの？」

「ひえっ⁉」「うおっ⁉」

三竦《さんすく》み状態だったはずの冴子たちが、突如俺たちの近くに現れ、血走った眼で見下ろし

てきた上、

「――あらあら、巫女ちゃんも蒼くんのことが大好きなのね」

などと義姉さんが煽《あお》るようなことを言い出したものだから、

「へえ、そうなの」

――じゃきっ。

「それは聞き捨てならない」

――ぎらりっ。

「ち、ちち違いますよ⁉　ご、誤解ですって⁉」

巫女の顔色は一瞬にして真っ青になり、彼女は慌てた様子で弁解していた。

「……ぷっ」

そんな巫女の姿がなんだか無性におかしくて、俺はつい吹き出してしまう。

「ちょ、何笑ってるんですか⁉」

当然、渦中の巫女には堪ったものではなかったようで、眉をハの字にしながら声を荒らげてくる。

「いや、すまんすまん。なんかさっきまでの命のやりとりは、一体なんだったのかっていいうくらい、いつも通りだなって」

「まあ……はい。そうですね」

やっぱり少し勇気を出してよかった。

そう俺が安堵《あんど》の気持ちでいると、

「――そうね。それもこれも、蒼司が私のために頑張ってくれたおかげね」

と、冴子が頬を朱に染めて、俺と腕を組み始め、
次いで、

「――うん。蒼ちゃんがわたしのために頑張ってくれたおかげ」

愛海も恥じらいを匂わせつつ、そう伏し目がちに逆の腕を組み、
さらに、

「――ふふ、お姉ちゃんを助けたいっていう蒼くんの気持ち、凄く嬉しかったわ」

義姉さんまでそこに加わり、俺の頭をその豊満な胸元にぎゅっと埋める。

「「「…………」」」

すると、数秒の沈黙の後、

――しゅばっ！


三人は俺を中心に置いたまま、自分以外の二人に攻撃を仕掛け始めたではないか。

義姉さんは向かってきた一撃一撃を、ただ微笑みながら捌《さば》いているだけだったが、残りの二人はガチである。

俺はさながら、カンフー映画にある訓練用の木人椿《もくじんとう》のように、されるがままになっており、向こうの方で巫女が顔を引き攣らせている姿が目に入った。

だがまあ、こうなることを選んだのは俺自身である。

だからこれはもう運命ということで受け入れようと思います。

「死になさい！」

――びゅっ！

「それはこちらの台詞！」

――どひゅっ！

「あらあら」

——ひゅっ！　ひゅっ！

「……」

う、受け入れようと思います……。

エピローグ

『——救世主一行、万歳ーっ！』

その後、義姉《ねえ》さんを連れてレクリアへと戻ってきた俺たちは、この短期間に二人も魔王を倒したということもあってか、大歓声の中、パレードの中心にいた。

もっとも、魔王の一人であるブラックホッパーは、女子たちの話し合いの末、冥王にお前がこっちに来い的な伝令をしに行ってしまったため、この場にはいない。

普通に考えると、そのまま逃げてしまいそうなものだが、義姉さんたちが三人がかりで散々脅しておいたので、恐らく伝令も届くことだろう。

ブラックホッパーからはそれなりに情報も得ることが出来たし、あとは王さまたちと、少し時間をかけて、ゆっくりと作戦を練っていきたいと思う。

まあ問題は、

「——ほら見て、蒼司《そうじ》。私たちのことを皆が祝福しているわ」

——ひゅっ！

「――見て、蒼ちゃん。とても可愛い赤ちゃんがいる。わたしも早く蒼ちゃんの赤ちゃんが欲しい……」

――きんっ！

というように、女子たちの仲が相変わらず険悪ということである。

ところで、一応人目もあるこの状況で、暇さえあればハサミやら包丁やらを振り回すのは、正直、やめていただきたい。

いくら高速だから皆の目に見えないとはいえ、俺たちは救世主――正義のヒーロー的な立ち位置なのだ。

そのヒーロー同士が目の前で殺し合いをしているなど、とてもではないが、よい子の皆さまにはお見せ出来ない事柄である。

「――賑《にぎ》やかでいい国ね。お姉ちゃん、前からこういうところで暮らしてみたかったの」

――すっ。

まだ義姉さんが避《よ》けることに徹しているだけマシなのだろうが、割と本気でこれからどうするべきか悩みどころだ。

仮に三人の中で、最終的に冴子《さえこ》を選んだとしよう。

元々彼女なわけだし、別れていない以上、ごく自然な流れだとは思う。

だが彼女を選んだ瞬間、俺は愛海《まなみ》に殺されることだろう。

以前の愛海ならば、俺に危害を加えるような真似はしてこなかったのだが、冴子の登場により、性格も大分アグレッシブになりつつあるので、恐らく冴子を義姉さんにぶつけている間に殺られると思う。

そして愛海も俺の後を追って自害すると思われるし、冴子も義姉さんに殺されるのではなかろうか。

さらに義姉さんのことだから、その後に愛海同様、自ら命を絶つかもしれない。

まさにバッドエンドである。

ならば愛海を選んだらどうだろうか。

俺は覚えていないが、幼い頃から結婚の約束までしていた間柄なのだ。

物語とかではよくある展開だし、幼馴染《おさななじ》みゆえに、お互いのことが色々と分かっているから、末永く幸せに暮らしていけるとは思う。

が、そうなるとたぶん俺は冴子に殺され、愛海は義姉さんに、そして冴子もまた義姉さんに殺されることだろう。

すると、やはり義姉さんは自害するので、これもバッドエンドだ。

では義姉さんを選んだらどうなる？

いくら血が繋《つな》がっていないとはいえ、義姉さんは家族だ。

家族を嫁に選ぶなど、世間が許さないとは思うが、ここは異世界だし、それはこの際置いておこう。

現状、冴子と愛海が二人がかりでも、義姉さんを倒すことは出来てはいない。

である以上、俺は義姉さんの庇護《ひご》のもと、心穏やかな日々を過ごすことが出来る――と思えないから困りものだ。

自惚《うぬぼ》れではないと前置きしつつも、俺は彼女たちに愛されすぎている。

いや、〝愛されすぎ〟という言葉では収まらないほどの愛を、俺は彼女たちから受け続けている。

ゆえに、冴子にしろ愛海にしろ、絶対に俺のことを諦めはしないだろう。

たとえどんな手を使ってでも、俺を取り戻しに現れるはずだ。

そう――たとえ冥王と手を組んだとしても。

いくら義姉さんといえども、冴子と愛海の他、冥王や残りの魔王を含めた魔物の軍勢全てを相手にしては、さすがに無事では済まないだろう。

それでもなんとかしそう感が否めないのが、義姉さんという女性なのだが、もうそこまでいったら、この世界の平和すらもが危うくなってくる。

しかしそれでも義姉さんなら、〝構わない〟と言うかもしれない。

たとえ俺と二人きりになってしまったとしても、アダムとイヴのように、二人で新しい世界を築いていこう、と。

正直、義姉さんは女性としてとても魅力的だ。

美人でスタイルもよく、いくらでも甘えさせてくれる優しさを持つ上、俺のことを大好きだと言い続けてくれているのだ。

家族でさえなければ、ぶっちゃけお嫁さんにしたいレベルである。

が、彼女は俺の義姉であり、愛すべき家族なのだ。

それは血が繋がっていようが、繋がってなかろうが変わりはしない。

もどかしくも、それが今俺が義姉さんに抱いている感情だ。

だから現段階では、義姉さんルートも却下ということになる。

だがそうなると、残りはまさかの巫女《みこ》ルートになってしまうわけだが、

「?」

不思議そうに小首を傾げている巫女に、俺は内心首を横に振る。

いや、それこそ一番あり得ない選択肢だ。

確かに巫女は可愛いし、おっぱいこそ小振りなものの、この中では一番まともと言えよう。

何せ、突っ込みにしろ何にしろ、俺と同じ感情を共有してくれるのだ。

こんなにありがたい存在は他にいないし、彼女のそういうところに助けられている場面も多々ある。

しかし巫女を選んだ瞬間、彼女は問答無用で三人から狙われることになるだろう。

むしろ三回は殺される可能性が大だ。

俺はなんとか生存するかもしれないが、その後に三人からめちゃくちゃ怒られると思う。

それこそ生きているのをやめたくなるくらいに。

そしてまた三人のうちの誰を選ぶか、振り出しに戻るわけだ。


——同志巫女のいなくなった世界で。


なるほど。

どう足掻《あが》いても絶望である。

だが同時に結論も出た。

――誰も選ばずに現状維持。

うん、もうそれしかない気がする。

誰を選んでも絶望しかないのであれば、誰も選ばないのが一番だ。

その方が犠牲も少なくて済むし。

きっと俺の人生は、生まれた瞬間に終わっていたんじゃないかな……。

そう黄昏《たそが》れながら、俺たちを乗せた馬車は、ころころと城への道をゆっくり進んでいく。


「――はあ～……」


最中、静かに激闘を繰り広げる冴子たちの隣で、巫女が一人大きく肩を落としている姿が目に入り、俺はどうしたのかと尋ねる。

「なんだ？　ため息なんて吐いてどうした？」

「……はあ」

「？」

巫女は俺をちらりと一瞥《いちべつ》した後、再び大仰に嘆息する。

人の顔を見てがっくりされると、それはそれで傷つくのだが。

「いえ、なんか自分に失望していると言いますか……」

「自分に失望？　いやいや、お前はよくやってるだろ？」

少なくとも、巫女のおかげで、俺たちは今こうして人々の喝采を浴びることが出来ているのだ。

個人的には、彼女が失望することなど何もないと思う。

「え、えっと、そういうことではなくてですね……」

「うん？」

もじもじとどこか歯切れの悪い巫女に、俺が小首を傾げていると、義姉さんがふふっと微笑みながら言った。

「やっぱり巫女ちゃんも、蒼くんのことが大好きなのね」

「ちょ、朱音《あかね》さん⁉」

真っ赤な顔で声を荒らげる巫女に、義姉さんは不思議そうな顔をする。

「あら、違うの？　私はてっきりそうなのだとばかり思っていたのだけれど」

「ち、ちち違いますよ⁉　た、確かに蒼司さんとお話しするのは楽しいですし、蟲魔王《ちゅうまおう》との戦いでも、私たちを守るために命がけで立ち向かってくれたりして、凄くかっこいいとも思いました！　で、でもだからって、そんなにすぐ好きになったりなんて……しませんし……」

もごもごと言い淀《よど》みながら視線を逸らす巫女の顔は、恥ずかしかったと見え、ほんのり朱に染まっているようだった。

確かに彼女が言ったとおり、そのくらいのことで誰かを好きになんてなりはしないだろうし、恐らくは義姉さんの勘違いなのだろう。

だが仮にそうだったとしても、それ関連の話題は、この場でもっとも口にしてはならない事柄である。

何せ、

「──短いお付き合いだったわね、巫女さん」

──にたりっ。

「ひえっ⁉」

いつの間にやら、冴子のターゲットが巫女に変更されている上、

「──邪魔者は少ないに越したことがない」

——じろりっ。

「ひゃうっ⁉」

愛海の瞳からもハイライトが消えていたからだ。

ただ両者とも、自身の得物を振りかざさず、揃《そろ》って膝の上に置いているあたり、最低限観客の方々に配慮しているのだろう。

そういう気は使える子たちなのに、何故《なぜ》俺のこととなると歯止めが利かなくなってしまうのだろうか。

そんなにいい男でもないと思うんだけどな。

イケメンでもなければお金持ちでもないし、聖剣——イアハートは扱えても、彼女たちのような戦闘力があるわけでもないのだから。

けれど——。

「ご、ごご誤解ですよ、皆さん⁉　私は蒼司さんのことなんて、犬のうんちくらいにしか思っていませんし⁉」

「へえ、あなたは私の蒼司を犬の排泄物《はいせつぶつ》呼ばわりすると？」

——ぎろりっ。

「ち、ちちち違うんです⁉　い、今のは言葉の綾《あや》というもので⁉」

「その前にわたしの蒼ちゃんを勝手に自分のものにしないで」

彼女らに好意を寄せられているのが、今はなんだか嬉《うれ》しく感じる。

「あら、ごめんなさい。もしかして現実を受け入れたくないタイプだったかしら？」

「言っている意味がよく分からない。ところで、あなたはいつまで彼女を自称するつもりなの？　いい加減、みっともないと思う」

「あらあら、彼女にすらなれなかった人が何か言ってるわ。負け惜しみかしらね？」

「勝手になったつもりでいる人に言われたくない」

「そう、なら直接その身体《からだ》に教えてあげましょうか？」

——ごごごごごごっ。

まあ、ちょっと色々とあれなところはあるけれど。

「ふふ、蒼くんも人気者で大変ね。じゃあ今夜は、そんな蒼くんを、お姉ちゃんがいっぱいぎゅってしてあげるわね」

「「——————」」

——じゃきっ。

「い、いや、あの……」

や、やっぱちょっとどころじゃないかも……。

その夜。

「……ふう」

夕食を兼ねた宴の席で、俺はやっとこさ王さまの相手を終え、一人静かにジュースをちびちびと飲んでいた。

さすがに王さまと話している間は、女子たちも空気を読んでくれたのか、王妃さまの相手をしたり、来賓の方々と話をしたりしていた。

今も三人は、それぞれ歓談を楽しんでいるらしく、また巫女も、

「――ええっ⁉　私が正式に蒼司さんたちの補佐としてお側《そば》にっ⁉」

何やら向こうの方で青い顔をしているようだ。

とりあえず元気そうで何よりである。

ともあれ、王さまの話だと、まずはブラックホッパーの情報が確かかどうかを調べるため、各国との連携を深める意味合いも込めて、近々他の国の王さまたちと会談を行うらしく、俺たちもそこに参加して欲しいとのことだ。

何故に俺たちがという感じではあるのだが、もし万が一にもブラックホッパーが伝言を届け、冥王が行動を起こすとなれば、王が一堂に会した機会を狙うだろうと考えてのこと

がっつり他国の王さまたちを囮《おとり》に使っているわけだが、それに対して王さまは、なのだとか。

「――物事にリスクはつきものだからな！」

と、ドヤ顔で親指を立てたりしていた。

剛気なのか、はたまたただのやべえやつなのか……。

もっとも、俺の周りにはさらにやべえ人たちがたくさんいるので、この程度のやばさなら、大した問題でもない気がしているのが困りものだ。

まあ、それは置いといて。

それより今考えなければならないのは、この後のことだ。

具体的には、入浴と就寝である。

義姉さんは確実に風呂に入ってくると思うし、ベッドにもあらかじめ入っていることだろう。

そうなると、冴子と愛海が行動を起こすのは必至。

風呂は大浴場だから入ってきても問題ない（？）としても、さすがにベッドに四人で寝るのは厳しい。

キングサイズのベッドを用意してくれるのなら、寝られないことはないが、せいぜい俺か義姉さんの背中側しかスペースはないだろう。

どうせ俺は義姉さんの胸にホールドされているだろうし。

もちろんそれで満足してくれるような二人なら、俺もこんなに頭を悩ませてはいない。

「……はあ」

どうすんだよ、これ……。

俺が小さく嘆息していると、たぶん心配してくれたのだろう。


「——どうされました？」


メイドさんの一人が声をかけてきてくれた。

だが彼女に相談したところで、この問題が解決するわけでもないし、巫女のように、女子たちにいらぬ疑いをかけられても可哀想だ。

「あ、いや、なんでもないです。ありがとうございます」

なので、俺はそう愛想笑いを浮かべていたのだが、

「そうですか。私はてっきり——私のことで悩んでいるのではないかと思っていたよ」

「えっ？」

いきなりメイドさんがそんなことを口にし、俺は鳩《はと》が豆鉄砲を食ったような顔で、彼女の方を振り返る。

すると。

「──やっと見つけたよ、蒼司くん」

「か、会長⁉」

そこにいたのは、向こうの世界で俺が所属していた生徒会の会長──鬼龍院入間《きりゅういんいるま》だった。

怜悧《れいり》な顔立ちの、綺麗《きれい》系な美少女である。

何故会長がここに、しかもメイド姿でいるのか。

唖然《あぜん》とする俺に、会長はやはりハイライトの消えた瞳で、にたりと笑いながら言った。

「──ダメだろう？　蒼司くん。自分の女を置いていなくなっちゃ」

「──」

当然、卒倒しそうになった俺だった。

あとがき

まず拙作をお手に取ってくださったこと、本当にありがとうございます！

初めましての方は初めまして。

お久しぶりの方はお久しぶりです、草薙《くさなぎ》です。

そしてすみません！

元来はもっと早くお届け出来る予定だったのですが、制作上の都合により、二ヵ月ほど遅れてしまいました……。

本作を楽しみにしてくださっていた皆さまには、重ねてお詫びを申し上げます。


さて、この物語は、まさにタイトル通り、勇者として異世界召喚された主人公のもとに、ヤンデレの彼女が、時空の壁を越えて現れるというお話です！

それだけでも軽く恐怖を覚えるところではありますが、なんと追ってきたのはヤンデレの彼女だけではなく、ヤンデレの幼馴染みに、ヤンデレの義姉などなど、とにかく主人公のことが大好きで堪らないヤンデレたちが、挙《こぞ》って時空の壁をぶち破ってきます！

もちろんそんなヤンデレ同士が鉢合わせるわけですから、平穏な救世主活動など出来るはずもなく、現地の方々や魔王の僕なども巻き込んで、文字通り修羅場の数々が……！

とはいえ、ギャグテイストの気楽に読めるお話になっておりますので、是非是非楽しんでいただけたらと思います！

ちなみに、今月はもう一冊、他社さまではありますが、ファンタジア文庫さまより、二〇日に『【騎乗スキル】で美少女とヤリたい放題するだけで、最強騎士生活』が発売される予定ですので、よろしければ、そちらの方も是非チェックしてみてくださいませ！


というようなところで、名残惜しくも謝辞に移らせていただけたらと思います。

美麗なイラストの数々で、本作を彩ってくださいました、なながぐらさま。

いつも迅速なご連絡かつ親身にご相談に乗ってくださる、担当編集の庄司《しょうじ》智《さとし》さま。

並びに、本作の刊行に携わってくださいました、全ての皆さま。

そして、今このあとがきを読んでくださっているあなたさまに、心よりの御礼を申し上げます。

願わくば、またお会い出来ますことを。

二〇一八年九月吉日　ツチノコ印の草薙アキ

ファンレター、
作品のご感想を
お待ちしています。

あて先

〒112-8001　東京都文京区音羽2-12-21
(株)講談社ラノベ文庫編集部 気付

「草薙アキ先生」係
「ななかぐら先生」係

より魅力的で楽しんでいただける作品をお届けできるように、
みなさまのご意見を参考にさせていただきたいと思います。
Webアンケートにご協力をお願いします。

https://eq.kds.jp/lightnovel/6272/

講談社ラノベ文庫

ヤンデレ彼女《かのじょ》が異世界《いせかい》まで追《お》ってきた

草薙《くさなぎ》アキ

2018年10月2日第1刷発行

発行者	森田浩章
発行所	株式会社　講談社 〒112-8001 東京都文京区音羽2-12-21
電話	出版　(03)5395-3715 販売　(03)5395-3608 業務　(03)5395-3603
デザイン	AFTERGLOW
本文データ制作	講談社デジタル製作
印刷所	豊国印刷株式会社
製本所	株式会社フォーネット社

落丁本・乱丁本は購入書店名を明記のうえ、小社業務あてにお送りください。送料は小社負担にてお取り替えいたします。なお、この本の内容についてのお問い合わせはラノベ文庫あてにお願いいたします。

ISBN978-4-06-513040-7　N.D.C.913　258p　15㎝
定価はカバーに表示してあります

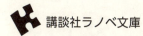

講談社ラノベ文庫
毎月2日発売
著 柑橘ゆすら
ill. 蔓木鋼音
小説家になろう発！
超人気ファンタジー！
異世界で少年は支配者となる
異世界支配のスキルテイカー 1~9
~ゼロから始める奴隷ハーレム~

講談社ラノベ文庫
毎月2日発売
「わたしはせいじのおよめさん！」
あのとき、僕の人生は変わった。
僕のお嫁さんだと自称する、幼い少女との出会いによって――。
じゅっさいのおよめさん
著 三門鉄狼
ill. ふーみ
「わたしはせいじのおよめさん！」
僕こと倉敷誠二が終業式を終えて家に帰ると、家の前で待っていた十歳ぐらいの見ず知らずの少女に、いきなりそう言われてしまった。およめさん宣言のもと、一緒に新婚生活を送ろうとしてくる少女。けれどもちろん、僕は十歳の少女と結婚することにした憶えはない。このままでは事案コース……そう思いながら少女に話を聞くと、どうやら彼女はクラスメイトの御殿山みのりで、昨日突然その姿になってしまったらしい。
僕は幼女化したクラスメイトと新婚生活を送りながら、彼女が失った時間を取り戻すために奔走するが……!?
これは、僕の人生を変えた、ある夏の新婚生活の思い出の物語――。

まだ見ぬ傑作《ストーリー》を待っている！
講談社
ラノベ文庫
2大新人賞
募集中
!!!
第9回
講談社
ラノベ文庫
新人賞
応募締切
2019年5月10日
(当日消印有効)
第8回
講談社
ラノベ
チャレンジカップ
応募締切
2018年10月31日
(当日消印有効)
イラスト：茨乃
◆郵送とWebのどちらからでもご応募いただけます。
応募の詳細は講談社ラノベ文庫
新人賞サイトをご覧ください
http://lanove.kodansha.co.jp/award/